# COLEÇÃO LITERATURA BRASILEIRA

**TOMÁS ANTÔNIO GONZAGA**

1. MARÍLIA DE DIRCEU

**MACHADO DE ASSIS**

1. RESSURREIÇÃO ◆ 2. A MÃO E A LUVA ◆ 3. HELENA ◆ 4. IAIÁ GARCIA ◆ 5. MEMÓRIAS PÓSTUMAS DE BRÁS CUBAS ◆ 6. QUINCAS BORBA ◆ 7. DOM CASMURRO ◆ 8. ESAÚ E JACÓ ◆ 9. MEMORIAL DE AIRES ◆ 10. CONTOS FLUMINENSES ◆ 11. HISTÓRIAS DA MEIA NOITE ◆ 12. PAPÉIS AVULSOS ◆ 13. HISTÓRIAS SEM DATA ◆ 14. VÁRIAS HISTÓRIAS ◆ 15. PÁGINAS RECOLHIDAS ◆ 16. RELÍQUIAS DE CASA VELHA ◆ 17. CASA VELHA ◆ 18. POESIA COMPLETA ◆ 19. TEATRO.

**LIMA BARRETO**

1. RECORDAÇÕES DO ESCRIVÃO ISAÍAS CAMINHA ◆ 2. TRISTE FIM DE POLICARPO QUARESMA ◆ 3. NUMA E A NINFA ◆ 4. VIDA E MORTE DE M. J. GONZAGA DE SÁ ◆ 5. CLARA DOS ANJOS ◆ 6. HISTÓRIAS E SONHOS ◆ 7. CONTOS REUNIDOS.

**JOSÉ DE ALENCAR**

1. GUARANI (1857) ◆ 2. A VIUVINHA (1860) - CINCO MINUTOS (1856) ◆ 3. LUCÍOLA (1860) ◆ 4. IRACEMA (1854) ◆ 5. ALFARRÁBIOS ◆ 6. UBIRAJARA (1874) ◆ 7. SENHORA (1875) ◆ 8. ENCARNAÇÃO (1893).

**MANUEL ANTÔNIO DE ALMEIDA**

1. MEMÓRIAS DE UM SARGENTO DE MILÍCIAS

**EDUARDO FRIEIRO**

1. O CLUBE DOS GRAFÔMANOS ◆ 2. O MAMELUCO BOAVENTURA ◆ 3. BASILEU ◆ 4. O BRASILEIRO NÃO É TRISTE ◆ 5. A ILUSÃO LITERÁRIA ◆ 6. O CABO DAS TORMENTAS ◆ 7. LETRAS MINEIRAS ◆ 8. COMO ERA GONZAGA? ◆ 9. OS LIVROS NOSSOS AMIGOS ◆ 10. PÁGINAS DE CRÍTICA ◆ 11 O DIABO NA LIVRARIA DO CÔNEGO ◆ 12. O ALEGRE ARCIPRESTES ◆ 13. O ROMANCISTA AVELINO FÓSCOLO ◆ 14. FEIJÃO, ANGU E COUVE ◆ 15. TORRE DE PAPEL ◆ 16. O ELMO DE MAMBRINO ◆ 17. NOVO DIÁRIO.

**BERNARDO GUIMARÃES**

1. A MINA MISTERIOSA ◆ 2. A INSURREIÇÃO ◆ 3. O BANDIDO DO RIO DAS MORTES ◆ 4. A ESCRAVA ISAURA.

**MÁRIO DE ANDRADE**

1. OBRA IMATURA ◆ 2. POESIAS COMPLETAS ◆ 3. AMAR, VERBO INTRANSITIVO ◆ 4. MACUNAÍMA ◆ 5. OS CONTOS DE BELAZARTE ◆ 6. ENSAIO SOBRE A MÚSICA BRASILEIRA ◆ 7. MÚSICA, DOCE MÚSICA ◆ 8. PEQUENA HISTÓRIA DA MÚSICA ◆ 9. NAMOROS COM A MEDICINA ◆ 10. ASPECTOS DA LITERATURA BRASILEIRA ◆ 11. ASPECTOS DA MÚSICA BRASILEIRA ◆ 12. ASPECTOS DAS ARTES PLÁSTICAS NO BRASIL ◆ 13. MÚSICA DE FEITIÇARIA NO BRASIL ◆ 14. O BAILE DAS QUATRO ARTES ◆ 15. OS FILHOS DA CANDINHA ◆ 16. PADRE JESUÍNO DO MONTE CARMELO ◆ 17. CONTOS NOVOS ◆ 18. DANÇAS DRAMÁTICAS DO BRASIL ◆ 19. MODINHAS IMPERIAIS ◆ 20. O TURISTA APRENDIZ ◆ 21. O EMPALHADOR DE PASSARINHO ◆ 22. OS COCOS ◆ 23. AS MELODIAS DO BOI E OUTRAS PEÇAS ◆ 24. TÁXI E CRÔNICAS NO DIÁRIO NACIONAL ◆ 25. O BANQUETE.

# O MAMELUCO
# BOAVENTURA

Coleção Literatura Brasileira

Diretor editorial
Henrique Teles

Produção editorial
Eliana Nogueira

Arte gráfica
Ludmila Duarte

Revisão
Cláudia Rajão

**EDITORA GARNIER**
Belo Horizonte
Rua São Geraldo, 53/67 - Floresta - Cep.: 30150-070 - Tel.: (31) 3212-4600
e-mail: vilaricaeditora@uol.com.br

EDUARDO FRIEIRO

# O MAMELUCO
# BOAVENTURA

**GARNIER**
desde 1844

**Dados Internacionais de Catalogação na Publicação (CIP) de acordo com ISBD**

F911m     Frieiro, Eduardo, 1889-1982.
           O mameluco Boaventura / Eduardo Frieiro. — 2 ed. — Belo Horizonte, MG : Garnier, 2019.
           88 p. ; 14cm x 21 cm.

               Inclui índice.
               ISBN 978-85-7175-136-1

                 1. Literatura brasileira. I Título.

                                          CDD 869.89923
                                          CDU 821.134.3(81)

**Elaborado por Vagner Rodolfo da Silva - CRB-8/9410**

**Índice para catálogo sistemático:**
1. Literatura brasileira : 869.8992
2. Literatura brasileira: Romance 821.134.3(81)

**Copyright © 2019 Editora Garnier.**

Todos os direitos reservados pela Editora Garnier.
Nenhuma parte desta publicação poderá ser reproduzida sem a autorização prévia da Editora.

# ÍNDICE

Prefácio ........................................................................................ 9
I. Negócio dum molecão .............................................................. 12
II. Fecha-se negócio do molecão ................................................. 14
III. Por causa dumas datas ........................................................... 17
IV. Quem era Boaventura ............................................................. 21
V. Em Vila Rica ............................................................................ 23
VI. No pouso da cachoeira ........................................................... 26
VII. O negro tocador de pitu ........................................................ 29
VIII. Quem era o Trasmontano e onde habitava ......................... 32
IX. Na casa do potentado ............................................................ 34
X. A missa do Carmo ................................................................... 36
XI. Recepção no paço .................................................................. 40
XII. O sarau .................................................................................. 43
XIII. A missão de Eliezar ............................................................ 46
XIV. Perigoso enleio .................................................................... 49
XV. É preciso casar a menina ...................................................... 50
XVI. Cavalhadas .......................................................................... 52
XVII. Minha ou de ninguém ........................................................ 55
XVIII. A fuga ............................................................................... 58
XIX. No caminho do Pitangui ..................................................... 61
XX. Na cola dos fugitivos ........................................................... 64
XXI. Contra os amotinados ......................................................... 67
XXII. Adeus, Violante! ................................................................ 69
XXIII. Elegia ............................................................................... 72
XXIV. Triste e só ......................................................................... 73
XXV. Milagre de quem? .............................................................. 76
XXVI. Caminho da perfeição ...................................................... 78
XXVII. Passeio matinal ............................................................... 81
XXVIII. Ao serviço do Eterno ..................................................... 85

# PREFÁCIO

A estreia de Eduardo Frieiro, com o Clube dos Grafômanos (1927), revelou um escritor que em nove anos lançaria, além desse, mais três romances — *O Mameluco Boaventura (1929), Inquietude, Melancolia (Basileu) (1930) e O Cabo das Tormentas (1936).*

A crítica, fora de Minas, saudou-o com entusiasmo, acentuando as excepcionais virtudes do autor desconhecido, mas "feito e acabado", como disse João Ribeiro. Dentro de casa, isto é, em Belo Horizonte, o livro provocou discussões, sobretudo entre os novos. Aquele voluminho caricaturava-os, ria-se da paixão literária.

Isso movimentou o meio provinciano, naturalmente limitado, em que pouco antes se dera a efervescência modernista da fase heroica. Desde muito, "futuristas" e passadistas andavam às turras na praça. Uma luta menos barulhenta que a da Semana de Arte Moderna, mas suficientemente cálida para aliciar o interesse de um público restrito, o das livrarias e cafés frequentados pelos clérigos em botão.

Não espanta que leitores mais abelhudos procurassem até identificar, na vida real, os seres imaginários de Eduardo Frieiro. Quem seria a "bela Marieta Lioz", com a sua poesia ardente e seus sentimentos frígidos? E quem seria o Leiva, o Ruas, o Santana? O primeiro, como que exprimindo a opinião pessoal de seu criador, afirmava em *O Clube dos Grafômanos* que todo romancista devia ser "um demiurgo, comovido e burlão, que cria o seu pequeno mundo ou se diverte em reproduzir algum aspecto sugestivo da vida". Dito o que, acrescenta: "Necessita, para isso, de um temperamento vigoroso ou de uma inteligência analítica e sutil". Qualidades mestras, que por sinal jamais faltaram a Eduardo Frieiro, tanto na ficção quanto no ensaio.

Já o seu segundo romance, *O Mameluco Boaventura*, explora outro terreno; o autor deixa a cidade nova, o arrivismo congenial às rodas de gente culta, abandona o pitoresco das "capelas literárias", tão imaturas quanto a própria Capital (recém saída do compasso e do esquadro do engenheiro Aarão Reis) busca reviver a civilização do ouro. Leva-nos assim ao passado de Minas, a uma era turbulenta pela qual muito jovem se interessara. E ao invés de tratar o assunto sob o ângulo histórico (e poderia tê-lo feito melhor do que é corrente), preferiu visioná-lo por meio do romanesco.

No plano da verossimilhança, com efeito, *O Mameluco Boaventura* anuncia a voga dos romances de fundo histórico, vizinhos e parentes das biografias romanceadas, comuns na Europa, a partir do êxito de Maurois, no decênio de 1930; gênero que na Espanha, desde antes, com Valle Inclán e outros, havia logrado a maior eficácia no aproveitamento dos quadros regionais.

Quer dizer, a vida sentimental do mameluco Fernão Boaventura serviu ao nosso autor de pretexto para tecer à sua maneira, mais realista que romântica, um drama de amor vivido à sombra do casario colonial, nos arraiais do ouro, sob o governo do truculento Conde de Assumar. Mas é só pelo tema que o segundo romance de Frieiro se filia ao aludido gênero histórico.

O mais, nele, denuncia a presença de um espírito novecentista de largo sopro, que soube recontar o passado ao gosto do leitor de hoje e de todas as épocas. Já não falo da forma; quem conhece o primoroso escritor não ignora que raramente se terá visto neste país alguém mais apto do que ele para a atividade do espírito. O selo do permanente, que os críticos de renome descobriram nos dois romances citados, é o mesmo que se encontrará depois em *Inquietude, Melancolia (Basileu) (1930) e O Cabo das Tormentas (1936)*.

Daí por diante, absorveu-se Frieiro na crítica e na elaboração dos admiráveis ensaios de *A Ilusão Literária* (1932), um discretear Inteligente, bem informado e sensível, sobre temas eternos de arte e literatura. Tal preocupação de esmerilhar a mensagem estética — nos motivos, na função social, na mutação do gosto e dos estilos — como que nasceu com esse escritor, cuja formação de autodidata se fez diante de uma caixa de tipos, e desse labor modesto. Na Imprensa Oficial de Minas, ele ascendeu, ajudado apenas pelo talento, ao mais alto nível de nossa representação intelectual.

Mas voltemos a *O Mameluco Boaventura*. O pequeno livro nos surpreendeu, em plena batalha modernista, pela segurança com que o autor conseguiu vencer a dificuldade do tema. A individuação, rápida mas precisa, das vilas auríferas, a brevidade e energia dos diálogos, a par da limpidez e do ameno da linguagem, tudo valorizou o romanesco bem dosado. De outra parte, personagens como Fernão Boaventura, o Transmontano, o vendeiro Baracho, Violante, frei Tiburciano e Chicão, o capanga do Mameluco, são de fato inesquecíveis. Algumas cenas também se fixam para sempre em nossa memória, como as da parte final, quando afilhado e padrinho discorrem sobre "a dobadoura das formigas cortadeiras" e Fernão se decide "a filhar panos de segurança num mosteiro de frades bentos".

O romance de fundo histórico passou por várias fases, e parece que não morreu. Mestres do gênero apareceram em todas as épocas, na Europa e no resto do mundo, e nem o *nouveau roman* conseguiu dar cabo dele. Através desse tipo de narrativa, no que concerne à literatura portuguesa, operou-se a renovação romântica da prosa; veja-se a obra de Garrett, de Herculano e Camilo. No Brasil, da mesma forma, sob o signo da historicidade, surgiram em meados do século passado dos livros que verdadeiramente estruturaram a nossa ficção nacional e popular. E para isso contribuíram autores de diferentes regiões. Entre os mais expressivos, e pela ordem de estreia, Macedo, Caldre e Fião, Manuel Antônio de Almeida, Alencar e Bernardo Guimarães fundiram uma linguagem nossa, descreveram paisagens e ambientes provinciais desconhecidos em letra de imprensa, e só por isso valeria a pena lê-los. Abusaram, porém, às vezes, do sentimentalismo fácil, muito de acordo, aliás, com a sua época. O passionalismo lacrimoso, timbre obrigado do romance europeu que nos fornecera os primeiros modelos, caindo no agrado do público, garantiu-lhes todavia uma popularidade que perdura. Também neste romance de Frieiro, é certo, o elemento sentimental constitui ainda o fio condutor da história, mas o desenvolvimento da ação refoge aos velhos padrões. E o que é mais: o histórico não chega nunca à dimensão empobrecedora do pitoresco pelo pitoresco. A realidade recriada é aí sofrida e externada à maneira de um Goya. Isto é, mantém-se o autor perfeitamente lúcido e alerta diante da natureza e do emoliente das paixões; mais que o relato, dá-nos a montagem — digamos realista — em que predomina sobre o descritivismo trivial a marca íntima das personagens e da própria natureza.

Com essas características, *O Mameluco Boaventura* recriou uma atmosfera mineira de que temos hoje esbatido sinal na arquitetura barroca subsistente, mas ainda assim bem desfigurada pela injúria dos anos. Nesse belo cenário, a pena do autor tudo anima ao toque mágico do tempo interior, aquele que de fato conta como expressão do homem. E o homem, com sua miséria e grandeza, aparece sem deformações nestas páginas que seguem. Semelhante resultado, é lógico, só se tornou possível porque Eduardo Frieiro, escritor como poucos, conciliou habilmente a imaginação com a expressão.

Ainda uma palavra, para extremá-lo da maioria. Numa quadra, tal a dos anos 1930, em que muito se correu atrás do documento, da reportagem, em obras de ficção, esse mineiro discreto, irreverente e bem humorado, baniu o farfalhante, o palavroso, e refugiou-se nas cavernas da própria sensibilidade. Não teve, contudo, a popularidade que merecia, mas o louvor unânime da crítica jamais deixou de coroar-lhe o esforço. Artista, escreve para responder a necessidades profundas de seu espírito universal. O resto são os heróis do carreirismo a qualquer preço, e deles não curo por agora.

Porto Alegre, 11 de junho de 1981.

GUILHERMINO CESAR

# I

## NEGÓCIO DUM MOLECÃO

Pela porta de André Baracho ia passando, em demanda do Ribeirão do Carmo, um mercador do Reino, com rico e bem abastecido comboio de mercadorias e numerosa carregação de escravos. O mercador sofreou o cavalo e, rodeado de meninos brancos em fraldas de camisa e uma chusma de negrinhos seminus, crias da casa, gritou bem alto para que o ouvissem da venda: — Eh! Compadre Baracho, acorde, se é que não quer perder melhores negócios de sua vida!

Dois cães grandes ladravam furiosamente. Uma mulher em chinelas, com uma criança ao colo, assomou à soleira da porta.

— Bom dia, comadre! Diga ao compadre que corra, porque já é tarde e não posso demorar-me.

Acudindo ao apelo, saiu à porta um homem atarracado, de meia idade, peludo como uma aranha caranguejeira . Como usasse de torcidas de fumo dentro das ventas, gotas sarrentas de estilicídio escorriam-lhe pela encrespada bigodeira e espessa barba.

Baracho — era o próprio — saudou o mascate e, tendo relançado rápido olhar por sobre as alimárias carregadas de mercadorias, deteve-se um momento a examinar os quinze ou vinte escravos que, acorrentados uns aos outros, seguiam o comboio sob a vigilância de mestiços armados.

— Que leva aí nessas caixas encouradas, compadre Figueirinhas?

— Nada mais nada menos que os tesouros da rainha de Sabá, disse o mercador ambulante. Damascos, brocados, terciopelos, serafinas, colchas da Índia, cutelaria de Espanha, porcelanas da Chinas, bugiarias de França, queijos do Alentejo...

E, vendo que André Baracho torcia o focinho:

— Mas o melhor são os negros, continuou. Nestas Minas ainda não se viram iguais. Ande ver para crer.

Afetando um desinteresse que não sentia, André Baracho aproximou-se da leva de cativos. Andou para lá e para cá, examinando-os de esguelha, com o rabo do olho. Logo, sem se voltar para o mascate, disse apontando com o beiço para um dos escravos: — Este molecão, tal fosse o preço dele... pode ser... sim, talvez me arriscasse a comprá-lo...

Figueirinhas apeou-se, sacudiu com o chicote o pó das compridas botas e exclamou sorrindo:

— Bem se vê que o compadre é negreiro de ofício! Como escolheu logo e bem! Esse molecão é a peça mais preciosa de toda a minha mercancia.

— Quanto vale? Perguntou o outro com fingida indiferença.
— Duzentas oitavas de ouro.
— Este molecão? Acudiu Baracho com menosprezo. Não é possível! Este molecote?

E foi examinar o negro de mais perto. Pediu que lhe tirassem as cadeias; apalpou-lhe a musculatura das coxas, dos braços e do peito; mirou-o bem, de baixo acima e de cima abaixo; abriu-lhe a boca para examinar os dentes; moveu-lhe os braços; fê-lo voltar sobre os calcanhares uma e mais vezes.

O infeliz africano morria-se de medo. Por força iam comê-lo. Certo, aquele diabo barbudo estava escolhendo a porção mais apetitosa da sua carne para moqueá-la e repastar-se nela.

— Anda! ordenou Baracho. Dá dois passos para a frente!

O preto não arredou pé. Figueirinhas interveio logo:

— Como quer que o entenda se ainda agora acaba de chegar do sertão da África?

— É de Cabo Verde este negrinho.

— De Cabo Verde? Mina legítimo, O compadre diz isso para desmerecer a mercadoria. Bem sabe que os negros de Cabo Verde e São Tomé não são robustos como os Minas e os Angolas.

— Pois sim. Seja porém como for, este molecão já passou há muito dos vinte anos. Não aprende mais nada. — Ainda os vai fazer. Repare bem na boca...

André Baracho moveu a cabeça, pensativo.

— Diz então que este negro vale duzentas oitavas de ouro?

— Não o dou por menos. Nem posso. O compadre sabe que as coisas aqui nas Minas estão pela hora da morte. Nestas terras não se planta, não se cria, nem se produz o mais que é preciso para a vida humana. Colhe-se muito ouro, não há dúvida; mas a sua mesma abundância é motivo de que se comprem os artigos por qualquer preço. As melhores mercadorias que chegam nos navios vêm ter às Minas e aqui são vendidas com excessivos lucros. Os vícios são muitos. Campeia a ostentação. As próprias escravas se vestem como senhoraças: usam cambraias e holandas nos vestidos e adornam-se com arrecadas, cordões e outras prendas de ouro e prata.

— Contra todas as proibições, atalhou Baracho.

— A vida é fácil...

— A vida é fácil, mas não os que labutam honradamente no comércio. A nós não nos sobra tempo nem dinheiro para folganças e regalórios. Vive-se em contínuos sobressaltos, sem garantia de vida nem segurança de bens.

— Ora, o compadre está a queixar-se de papo cheio, retorquiu o mascate. A fortuna não lhe tem sido desfavorável. Pelo contrário... pelo contrário...

## II

## FECHA-SE NEGÓCIO DO MOLECÃO

André Baracho não se podia queixar. Muito pelo contrário nos antes — ali por volta de 1707, 1706, talvez 1705 — André Baracho fora dos primeiros reinícolas que haviam concorrido às Minas do Ouro a efeito de mascatear. Era no bom tempo em que o minério aurífero ocorria nos ribeiros em tal abundância que se catava o ouro em pepitas e folhetas a seco, não se apurando nas lavagens menos de seis a oitenta oitava de cada bateada.

Divulgada a notícia das descobertas, os sertões das Minas logo se encheram de mercadores da Bahia e do Reino, que exploravam a luxuosidade e o regalo dos povoadores mais que as suas reais necessidades.

Os paulistas, primeiros ocupantes das terras do ouro, envolviam num mesmo desprezo o comércio e os que a ele se entregavam. A riqueza enchera-os de soberba. Pouco lhes importava que portugueses e baianos, chegados depois e a que davam a alcunha escarninha de Emboabas, ajuntassem grandes cabedais na faina de mascatear. Nem se persuadiam de que o ouro colhido por eles nos ribeiros ia ter quase todo às mãos desses detestados vindiços, em troca de trapos e bagatelas.

Engrossando em número e crescendo em poderio, passaram os forasteiros também a minerar, com magníficos resultados, pelo que se tornaram em breve tempo os donos das melhores terras e mais rendosas lavras. Os paulistas entendiam que o domínio das minas lhes pertencia exclusivamente, de vez que tinham sido eles os seus descobridores. Era pois com má sombra que se viam suplantados nos sítios e arraiais que haviam fundado:

Acendeu-se com esse motivo a rivalidade entre os de São Paulo e os portugueses e baianos, da qual resultou serem os paulistas expulsos da riquíssima Serra do Ouro Preto. Aí teve origem a chamada Guerra dos Emboabas, furiosa peleja que ensanguentou as terras do ouro durante alguns anos.

André Baracho era tão pobre ao emigrar que trazia às costas tudo quanto possuía, tal qual se dava com a maioria dos aventureiros vindos da Metrópole ou das várias partes do Brasil atraídos pela fama das Minas. Ambicioso e diligente, logo que pôde forrar algum de seu lançou-se em especulações de toda sorte: mercadejava escravos, barganhava animais, contrabandeava o ouro. Mais tarde, decidiu estabelecer-se com sortida loja de regatão a meio do caminho entre a Vila do Carmo e a Vila Rica, no lugar chamado da Passagem. Em pouco estava rico. Tinha agora lavras de ouro, roças de milho e feijão, numerosa escravaria e carros com as respectivas equipações de bois.

— Bem, disse o vendeiro, venha tomar um martelo de aguardente.

O convite ao matabicho, àquela altura da conversa, com ser preceito da mais comezinha hospitalidade, era também excelente pretexto para novas e mais firmes entabulações.

Figueirinhas despejou dum sorvo, sem lhe deixar sequer a borra, a canecada de cachaça que o compadre lhe oferecia. Passou a língua nos beiços e no bigode molhado, e louvou:

— Bem boa pinga.

— Legítima da cabeça. Esta não é a pizorga que se bebe por aí...

— Fique com o negro, disse o Figueirinhas. Não se arrependerá. Como aquele não se encontram dois. Examine-o bem.

— Que o examine? Para quê? Um negro vale outro. Não quero examiná-lo. Como se fosse o primeiro que me aparece diante das vistas! Pois bem, jogo franco! Qual é o último preço?

— Já disse: duzentas oitavas de ouro.

— Não diga barbaridades! Nem que ele fosse o rei Baltazar em pessoa! E saiu fora a contemplar o moleque novamente.

— É zambro, murmurou. E creio que também pitosga. Ai assim fico com ele por cento e cinquenta oitavas. É negócio?

— Diabos levem todos os forretas! exclamou o mercador que já começava a perder a paciência. Faço um abatimento de dez oitavas. Fechemos o negócio nas cento e noventa oitavas.

— Impossível! O molecão não vale todo esse dinheiro! Cento e cinquenta, sim ou não?

— Não!

André Baracho encaminhou-se, arrastando os socos, para a porta da loja. Parou um instante a matutar. Depois, voltando-se para o mascate, insistiu:

— Cento e sessenta? Acha pouco? Olhe que mais vale um toma que dois te darei...

— Não!

— Que Deus não lhe dê motivo de arrependimento. O compadre sabe que estes negros costumam vir contaminados pelo escorbuto e pelo tifo, que devastam a bordo carregações inteiras de cativos. Muitos dos que escapam à morte nos navios negreiros vêm definhar nos caminhos do Brasil, atacados do mal de Luanda ou de outras moléstias de mau caráter. Ou então consome-os a tristeza, o banzo africano. Sem falar nos que voluntariamente se deixam morrer de fome para fugirem aos horrores do cativeiro. Tudo isso antes que seus donos os possam vender com algum lucro.

— Amigo Baracho, disse o mercador, já se faz tarde e tenho ainda bom caminho que andar. Não me compra ao menos uns sapatos de cordovão?

— Alpercatas de corda, ainda podia ser...

O vendeiro tirou da cabeça a carapuça de pano grosso, limpou com ela as camarinhas de suor que lhe banhavam a calva e disse por fim decidindo-se:

— Bem, bem. Sou inimigo de ratinhar, O negro é meu. Vá lá pelas cento e noventa oitavas.

Entrou na venda, tornando dali a pouquinho com o ouro em pó embrulhado num trapo de baetilha.

Meticulosamente pesado, faltavam treze oitavas.

— É todo o que tenho em casa, alegou choroso o regatão. Não me fica nem pisca dele. Olhe que isto não é ogó, compadre Figueirinhas; é ouro limpo, sem argueiro nem limagem.

Vendo porém que o mercador era mais teimoso do que uma mula e não cedia a chicanas, não teve outro remédio senão ir buscar mais ouro para perfazer a quantia ajustada.

Figueirinhas entregou-lhe enfim o molecão.

— Ala que se faz tarde.

E meteu pernas ao cavalo, em marcha para o Ribeirão do Carmo, com os seus cargueiros ronquindo ao peso das canastras atestadas de mercadorias.

Contente consigo mesmo pela boa compra que fizera, André Baracho pôde então contemplar o cativo com demorado embevecimento.

— Isto, sim, disse de si para si esfregando alegremente as mãos; isto é que é negro! Não o dou por todo o ouro do Caeté!

## III

## POR CAUSA DUMAS DATAS

Dez ou doze cavaleiros armados vinham a largo trote pela estrada do Ribeirão do Carmo. O patear cadente dos animais arrancou o vendeiro da contemplação em que se achava mergulhado. À frente da cavalgada marchava o jovem mestiço Fernão Boaventura. Montava, descalço, calção de pano grosso camisa aberta no peito, um belo tordilho, ajaezado com sela de marroquim, xairel de pele de onça e bolsão de veludo verde bordado a retrós. Trazia nos coldres um par de pistolas aparelhadas de prata. Um caboclão de cara tisnada e aparência terrível vinha cavalgando a seu lado. Os restantes eram negros e cabras espingardeiros.

André Baracho ficou alarmado ao dar com os olhos naquela gente. Lá sabia porque.

— Em boa hora chega, Sr. Boaventura! exclamou ele com fingida amabilidade, mal podendo conter o susto que lhe trabalhava as entranhas.

Boaventura apeou-se, o mesmo fazendo os seus homens.

— Amarrem os animais ao esteio, ordenou. A conversa pode ser demorada.

— Veja que bela peça de Guiné! disse Baracho mostrando ao moço o bem feito escravo. Comprei-o inda agora por trezentas oitavas de ouro. Diga-me, em consciência, se não vale o dobro? Olhe que é um preto muzungo... sim, de raça nobre... Talvez filho de soba. Escravos como este não se veem todos os dias. Teria prazer em cedê-lo ao Sr. Boaventura. Dá um bom negro de partes, ou oficial...

O vendeiro emudeceu a um gesto enérgico do moço.

— Não venho cá comprar negros, disse este, seco.

E, num tom álgido:

— Só agora tive conhecimento de que vocemecê, comparsaria com outros forasteiros, requereu e obteve datas terrenos que me pertencem. Por que embustes, não sei; mas é fácil adivinhar. Trabalho perdido, ouviu? vocemecê, desta vez, errou o pulo. Comigo ninguém leva a melhor.

— Eu explico o fato, Sr. Boaventura, gaguejou André Baracho, Eu explico. Há tempos, requeri, isto é, eu e outras Pessoas de bem requeremos no Batatal uma datas que acontecia lindarem com outras pertencentes ao seu finado pai, que Deus tenha... Nunca, porém, me constou que fossem dele...

— Mentira! Vocemecê sabia muito bem que meu pai tinha lavras nessas terras. Sabia que davam bom rendimento. Por isso vocemecê adquiriu-as para si, figurando os outros requerentes como simples testas de ferro. Estou informado de tudo.

O caso era que a repartição das terras minerais e a distribuição desigual das águas para a lavagem do ouro davam lugar a contínuas rixas e reclamações. Os ricos logo se apoderavam de demasiadas em prejuízo de terceiros, nada deixando aos pobres. Quem as quisesse teria de comprar-lhas por preços exorbitantes. Muitos mineiros, explorando as suas datas, ocupavam também as do vizinho, não respeitavam os limites das terras demarcadas e trabalhavam por toda parte nos melhores lugares.

Para remediar esse estado de coisas, o guarda-mor publicara um bando pelo qual se afiançavam duas datas aos descobridores de ouro, com a condição de manifestarem as novas minas.

Quando o pai de Boaventura manifestou o seu descoberto do sítio do Batatal, foram-lhe concedidas as duas datas da lei. O velho Boaventura continuou porém a faiscar e a colher ouro em terras vizinhas ainda não repartidas. Morrendo o velho, houve quem as requeresse, sendo elas então divididas com vários, entre os quais André Baracho.

— Sr. Boaventura, disse o reinol, asseguro-lhe que não houve má fé da minha parte. Não, não houve. Foi tudo muito regular, meu rico senhor. As datas eram baldias e não manifestadas. Para explorá-las, como permite a lei, alcançamos do guarda-mor a competente licença por escrito. O escrivão assistiu à medição e fez os apontamentos necessários. Vive Deus que não me deixa mentir!

— Mas eu já recorri para o superintendente das minas, replicou o moço. Se for preciso, irei aos tribunais superiores. Vocemecê não poderá fazer trabalhos nelas enquanto não se decidir a questão. É da lei.

Bem o sabia o finório Baracho. Por isso tratara logo de passá-las a outro, em cujas mãos estalaria o litígio de posse. As custas excessivas das demandas impediam que os mineiros menos abastados obtivessem justiça, de sorte que ou renunciavam ao que tinham direito ou caíam em pobreza, como era frequente que acontecer. Os de maiores recursos obstinavam-se em levar por diante as contendas, até a última instância, sacrificando tudo e causando a ruína dos adversários.

Baracho era homem rico, mas sobretudo acautelado. Sabia que o mestiço gostava de porfiar, já andando sangrado na sua fazenda por constantes pleitos. Deu-lhe conselho:

— Não vale a pena mover questões. O Sr. Boaventura tem terras de sobejo. Para que arriscar os seus cabedais na disputa de coisa que não lhe traz proveito? Ai, Sr. Boaventura, demandas e pleitos são uma contínua amofinação do espírito! A justiça é lerda e cara. E fornalha que arde muita lenha. Os homens das justiças comem-nos a farinha, o burro e o moinho. Levam o jumento dos pupilos e tomam em penhor o boi da viúva.

— Pois se assim é, que lhe sirva o exemplo. Ou vocemecê desiste de meter o focinho naquilo que me pertence, ou terá de tornar ao Reino como de lá veio, de mocó às costas!...

— Deus é grande e olha pelas pessoas honradas! Se o Sr. Boaventura faz gosto em levar adiante a questão e quer correr-lhe os proiz e os percalços, já não e comigo... é lá com o Transmontano que se deve entender...

Os lábios do Boaventura adelgaçaram-se de furor.
— Como? Com o Trasmontano? ... Pois vocemecê vendeu terras que não eram suas?
— Por favor, não se transtorne... Vendi-as porque me pareceu que podia vendê-las. Custaram-me bom dinheirinho. Tenho cá o recibo. Tudo em muito boa regra, Sr. Boaventura. E tanto assim é, que o Transmontano achou que as podia comprar. Passou-se escritura na Vila Rica, há poucos dias. Tudo muito regular... tudo muito regular, Sr. Boaventura.
O moço sentia ganas de estrangular o chatim reinol.
— Já sei, gritou. Untaram as unhas do velhaco do escrivão. Mas essa venda é nula... Nula!
— Tenho os papéis, gaguejava o vendeiro. Tudo muito direito,
E entrou na loja em busca do papel que escondera por trás duma estampa encaixilhada do Senhor Bom Jesus do Monte.
O recibo não estava no lugar. Desaparecera. Baracho gritou pela mulher:
— Martinha! Onde está o demônio daquele recibo que guardei?...
A mulher acudiu da cozinha limpando a cara encardida ao avental de estopa. Procuraram o papel por toda parte. Nada.
— Quem sabe a criada embrulhou alguma coisa nele? inquiriu o marido.
— Não creio, disse a Martinha. A criada só embrulha as coisas em folhas de bananeira ou de inhame.
E lembrou que, caso houvesse sumido, era bom responsar a Santo Antônio para que fizesse aparecer.
Baracho recordou-se. Talvez o pequeno José o tivesse tirado para o ilustrar com debuxos e gatafunhos. Baracho não se fartava de gabar o talento precoce do filho, um pequenote de sete anos, achando-lhe grande jeito para as "artes mecânicas", como dizia. Não passava tropeiro com suas mulas enfeitadas de tiras de baeta vermelha que o garoto os não retratasse logo a pena ou a carvão; nem escravos negros, seminus, escanzelados e cambetas, o carombé na cabeça; nem pretas cativas, a equilibrarem enormes balaios na trunfa encarapinhada; e também senhores barbaçudos, chapeirão desabado, descalços ou com botas de mato, escopeta a tiracolo; e bichinhos, e flores, e mil arabescos de caprichosa invenção:
Baracho saiu em procura do filho, aos berros. Encontrou, por trás da casa, sentado ao pé dum cepo. O pequeno José aplicava-se a iluminar com ornatos fantasistas a triste caligrafia de recepisse. O pai estendeu rápido a pata peluda e arrebatou-lhe papel, gritando para a mulher.
— Martinha! agarra-me este malandrim e esquenta-lhe o rabioste com umas boas palmadas. Eu agora não tenho tempo.
Boaventura e seus homens já se haviam ido, caminho de Vila Rica.
André Baracho olhou a poeirama que os cavalos em tropel iam levantando peia estrada fora, e suspirou fundo, desafrontado de um enorme peso.

— Quem é? perguntou a Martinha chegando-se a ele.
—É um bastardo endemoninhado que habita no Ribeirão do Carmo. Vive sem rei nem roque como um vadio rico, a consumir à doida os haveres que lhe fitaram por morte do pai.
— A pai muito ganhador, filho muito gastador. Sentenciou a mulher de Baracho bamboleando a cabeça.
— Sempre foi assim, confirmou o marido, e assim há de ser sempre.

## QUEM ERA BOAVENTURA

Como tantos outros aventureiros paulistas, Caetano Boaventura, mazombo de Taubaté, batedor de sertões e incansável acossador de bugres, madrugara no caminho das Minas aos primeiros rumores da descoberta do ouro. Tornando de uma das suas correrias escravistas pelos cafundós do país, chegara a tempo de entrar nos descobrimentos do Ribeirão do Carmo e da Serra do Ouro Preto, aí arrecadando do primeiro ouro avultados cabedais.

Quando se exauriram as primeiras catas e sobreveio a fome que obrigou os faiscadores a desertarem os seus improvisados arraiais, Caetano Boaventura passou-se com a sua gente para a região do Rio das Velhas, onde fez plantar grandes roças de mantimentos, situando nelas muita criação de porcos e aves. Mais tarde, tornara às margens do Ribeirão do Carmo, justamente na ocasião em que ali surdiam novos e mais rendosos mananciais auríferos. As datas metalíferas que então adquiriu fizeram-no riquíssimo em pouco tempo. Segundo a crônica, a escravatura de sua fábrica de minerar passava de duzentos negros da Costa da Mina.

Viúvo, não lhe ficava outra descendência que seu filho Fernão, que tivera de uma cunhã carijó. Finando-se no ano de 1715, todos os seus bens de fortuna foram ter às mãos do jovem mameluco, que então contava vinte anos de idade.

Educado com esmero no colégio de jesuítas, de São Paulo, em cujos pátios estudava a nobreza vicentina, Fernão fez ali currículo de humanidades e frequentou lições de artes, teologia e casos de consciência, chegando mesmo a tomar ordens menores. Carecia porém de vocação para a vida eclesiástica, que não quadrava ao seu gênio impetuoso e ardido. Não prosseguiu, tendo obtido licença do pai para subir às Minas.

Aí chegado, mal teve tempo de receber a última bênção paterna. O velho Boaventura finava-se da doença que Deus lhe dera.

Fernão achou-se rico e só. Crescendo em soberba, entregou-se a toda sorte de turbulências e dissipações, continuamente envolvido em desavenças, retaliações e desagravos.

Acompanhava-o sempre numerosa esquadra de mestiços e negros, todos atrevidos e rixentos. Destes era chefe o fiel Chicão, caboclo insigne em toda casta de crimes e valente como as armas.

Fernão Boaventura amava a agressão e a peleja. Rapagão sacudido, seu prazer mais vivo era exercitar a perfeita rijeza e a fim elasticidade de seus músculos em trabalhos de força e destreza. No Ribeirão do Carmo ninguém o excedia no jogo da bola. Cavalgando com arte e donaire o lépido Corisco, exibia-se em nunca vistas proezas de equitação nas cavalhadas que se realizavam na Vila.

Desprezava as mulheres. Jamais a ideia de uma mulher amada lhe passara pelo pensamento. Mas isto não o impedia de guardar consigo, para refrigério de sua vida tumultuosa, as mais bonitas escravas mestiças do seu engenho do Arraial Velho.

Quatro anos levava Boaventura aquela vida de tropelias e desregramentos. Por seu ânimo fragueiro e arrogante fizera-se temido entre os desgovernados povos de Minas, aos quais só a violência e o estrondo das armas impunham respeito.

## EM VILA RICA

No sítio do Batatal, onde tinha um lavradio de ouro, encontrou Boaventura três ou quatro pretas, com seus tabuleiros à cabeça, vendendo aguardente, doces e outras comezainas. Eram escravas de André Baracho. Com esse inocente pretexto mercantil percorriam todos os dias as lavras da redondeza para na volta, levarem ao receptador o ouro furtado pelos escravos empregados nas minas.

Boaventura ordenou que enxotassem imediatamente as negras e lhes sequestrassem toda a comedoria.

Meia légua adiante ficavam as datas recentemente adquiridas pelo Trasmontano, datas que o mameluco entendia serem ainda suas. Para lá se dirigiu, sem detença, escoltado pelo mal-encarado Chicão e obra de vinte homens.

— O Transmontano já tem gente trabalhando nos meus terrenos, disse Boaventura para o caboclão. Vamos lá despejar os intrusos.

— Vai ser como daquela vez no inficionado do Rio das Velhas? — Sim, caso não queiram ceder em boa paz.

Daquela feita o mameluco desapossara pelas armas um bando de flibusteiros que se haviam estabelecido em certo ribeiro de seu domínio. O jovem caudilho e a sua matulagem irromperam em tropel no arraial dos faiscadores desbaratando-os num santiâmen e pegando-lhes fogo às cabanas.

A essa lembrança, Chicão sorriu mostrando a dentuça cavalina e acariciou o cabo da sua namorada, uma faca truculenta e pontuda, historiada de lavores de prata. Com ela comia, dormia e sonhava. Era o seu anjo da guarda, o seu demônio familiar. Com ela concertara um pacto secreto. Segundo era fama, a faca nunca lhe saía da bainha sem se tisnar em sangue de valentes, sem se cevar em gordura de fortes.

— Depois daquilo a minha faquinha nunca mais bebeu sangue, disse o agigantado Chicão endireitando-se nos estribos. Já está ficando destemperada.

Munidos de picões, alavancas e almocafres, os trabalhadores do Transmontano começavam de atacar o cascalho do ribeiro. Um açude tosco, feito de troncos de árvores, ramos, pedras, terra, represava as águas, desviando-as para um canal aberto na margem.

Os trabalhos mais penosos da extração do ouro eram feitos pelos negros; os mais fáceis, pelas negras. Enquanto os homens, quase nus, metidos na água até os joelhos e remontando a corrente, remexiam com o almocafre o cascalho acumulado na barragem, as mulheres recolhiam o saibro amontoado à beira do córrego e iam levá-lo nos carombés ao depósito de lavagem para a apuração afinal.

Dirigindo-se à presença do capataz, Boaventura intimou-o a suspender os trabalhos e a despejar aquelas datas sem perda de tempo, sob pena de levar tudo a ferro e fogo. Atemorizado diante daqueles homens armados de espingardas, prontos a executar a ameaça, o capataz não teve outro remédio senão obedecer. Os escravos negros é que se regalaram sobremodo com o inesperado sueto.

Isto feito, cavalgou o mameluco em direção de Vila Rica onde tinha contas a ajustar com o escrivão dali.

Vila Rica, em verdade, não era cenário que se prestasse às tropelias do turbulento mestiço. Ali dominava exclusivamente o elemento reinol. Depois da encarniçada guerra entre Mamelucos e Emboadas, a estrela paulista quase que se apagara completamente nas Minas do Ouro.

Ignorando a arte de explorar as minas, os paulistas limitavam-se a faiscar nos córregos onde o cascalho aurífero, ordinariamente rico, se depositava em caldeirões e itaipavas. Atormentados pelo desejo de enriquecer depressa, obstinavam-se na descoberta desses *placers*, de exploração fácil mas de rendimento aleatório, negligenciando os filões e as assentadas minerais, que exigiam trabalhos mais penosos. Mineravam ao acaso, sem ordem nem método. Mal extraíam o ouro à flor dum ribeiro, passavam a outro e a outro, logo desanimando. As lavras de aluvião esgotavam-se rapidamente, não só por causa do número sempre crescente de faiscadores, como também em consequência do desastroso processo adotado.

Os reinícolas, entrados depois dos primeiros descobrimentos, trouxeram consigo os métodos em uso nas colônias espanholas: desviavam os cursos de água por meio de canais laterais; atacavam as abas das serras onde estavam as madres dos sedimentos auríferos; exploravam os montes a talho aberto, esfuracando a serra por toda parte. Os resultados foram maravilhosos. O ouro borbotava a flux. Assim foi que surdiu o arraial do Ouro Preto, núcleo da futura Vila Rica, a mais opulenta e povoada da Capitania.

Ao terem notícia dos novos descobertos, os paulistas, primeiros donatários da Serra do Ouro Preto, tornaram lá e tentaram recuperar os terrenos que haviam abandonado como exaustos; porém os forasteiros, garantidos pela lei que fazia caducar as minas despovoadas, mantiveram-se na posse delas e não consentiram gente de São Paulo em toda a opulentíssima região das montanhas auríferas.

Vila Rica. Pitoresca no desalinho do casario pobre e feanchão. A povoação improvisada — desordenado acampamento de mineradores — empoleira-se com dificuldade, cai não cai, entre dois morros: o de Ouro Preto e o de Ouro Fino. O lugar é tão alto e o céu tão baixo, que os moradores parecem conversar com Deus. Morros comprimem-se, em luta com a angústia de espaço. Uma rua sinuosa abre caminho, grimpa cerro acima, atravessada por quelhas tortuosas e vielas empinadas. Escalando cerros mais altos, outras congostas serpeiam por declives e ravinas. Casebres a pique, pendurados dos alcantis, com hortas minúsculas, escalonadas em tabuleiros. Cafuas fumegam alapardadas no fundo dos grotões. Tufos de verdura, aqui e ali.

Montes enfeitados de relva. Montes escalvados. Montes esfuracados de respiradouros e cavernas: obra dos trabalhos minerais. Nos flancos das montanhas, regos de pedra, fortemente argamassados, resistem aos embates dos blocos que caem da encosta arrastados pela água do desmonte. Em baixo, mundéus enormes, retangulares ou semicirculares, com paredões de forte espessura: vastos reservatórios aonde as águas vêm depositar as lamas auríferas. Pela beira dos córregos montões de cascalho já lavado.

Ao longe, a serrania negra do Itacolomi, de espinhaço ouriçado como a crista dum gigantesco estegossauro.

Movido apenas por seus instintos de agressão e de domínio, Boaventura não atendia a perigos. Correu à procura do escrivão. Encontrou-o saindo da casa da Câmara e, ali mesmo na praça pública, à face de Deus e de toda gente, dirigiu-lhe em tom desabrido quantos desaforos lhe vieram à cabeça. Chegou-lhe o chicote à cara, e tê-lo-ia maltratado duramente se o não obstassem pessoas que logo acudiram a tomar as dores do injuriado funcionário.

— Prendam o meliante! vociferava o escrivão. Segurem o atrevido! A justiça do Rei foi insultada na minha pessoa! A ele... Sus!...

Juntava gente, fazendo coro em torno do mameluco e do capanga. Punhos cerravam-se, ameaçadores. Boaventura e Chicão, às recuadas, cada um empunhando a sua garrucha, gritavam:

— Quem se chegar, morre!

Encavalgaram rápidos as suas montarias e lá se foram de abalada pelas ruas da vila, perseguidos pelo clamor público.

## IV

## NO POUSO DA CACHOREIRA

Dona Querubina era a providência dos viandantes que, de passagem pelos campos da Cachoeira, buscavam agasalho em sua casa. Viúva dum reinol que ali aportara, anos antes, ficara-lhe por toda herança uma roça de milho e pequeno lavradio de ouro, logo abandonado por falta de governo e diligência. Acertara então de se estabelecer com pequena loja de comes e bebes, onde também achavam pouso os que, indo de jornada a uma parte e a outra, se valiam da sua hospitalidade. Sem filhos nem outros parentes, tinha consigo por toda companhia uma preta cozinheira, uma mulata doceira e um escravo negro que lhe tomava conta da loja.

Boaventura encaminhou-se para lá, seguido da esquadra de espingardeiros.

— Vamos passar a noite na casa da viúva? perguntou o Chicão.

— Vamos, respondeu o moço. D. Querubina tem sempre mesa farta e cama fofa para quem lhe bate à porta.

— E aguardente da boa. E moça. A Nicota é um brinco, uma perfeição de mulata. Que garupa roliça! E uns olhos, meu Deus, como eu nunca vi!

— Olhos gateados,.. olhos de traição... Mulher assim é a perdição de muito homem.

Ao chegarem perto da casa da viúva, os cavaleiros detiveram-se a um sinal do caboclão.

— Patrão, disse ele em voz baixa, olhe quem está ali...

— Quem é?

— Padre Sinfrônio...

— O roubador da mulata?

— Ele mesmo.

O moço não se esquecera do que lhe haviam contado a respeito de Padre Sinfrônio, ex-vigário da Vila do Carmo. Esse sacerdote, como não conseguisse comprar certa mulata desinquieta, escrava do velho Boaventura, passara a raptá-la com o auxílio do escrivão e do meirinho da igreja, sustentados por capangas negros. O pai de Fernão deu queixa. A justiça, porém, não podia agir contra o padre. O mais que podia fazer era delegar um oficial para solicitar-lhe respeitosamente a entrega da escrava. A resposta do padre foi peremptória. Não! Não entregaria a bela mulata nem que lhe tirassem a última pinga de sangue!

O governador convocou então uma junta de ouvidores para julgar a rapariga e, proferida a sentença, forçar-lhe a execução com suplemento da justiça temporal. Inútil subterfúgio. O vigário era testaçudo. Atribuindo à requisitória da junta o caráter de conflito entre o poder eclesiástico e o civil, moveu em seu favor o clero do distrito e bem assim muitos seculares. Assim amparado, fortificou-se em casa e deu renhida batalha aos beleguins.

Veio afinal uma ordem régia mandando que o desabusado e opiniático padre fosse processado e punido, ou expulso das Minas caso as autoridades eclesiásticas não tivessem força ou não quisessem proceder com energia. Quando porém chegou a ordem, já o padre não assistia na Vila do Carmo, ninguém sabendo que destino tomara.

Aparecia agora. Azada ocasião para lhe pregar uma boa partida, pensou o Boaventura.

Com a cabeça apoiada ao peitoril duma das janelas baixinhas da pousada, passava o eclesiástico por uma madorna, a giboiar a choruda janta que lhe preparara a próvida Querubina.

Vendo reluzir ao lusco-fusco a reverendíssima coroa branda do clérigo, ocorreu à mente maldosa do rico mestiço uma ideia injuriosa: urinar-lhe-ia na tonsura! Assim pensou e assim fez.

Despertando, deu-se conta o religioso da inominável afronta que sofrera.

— Urinaste numa coroa sagrada, bruto! gemeu ele, num tom em que havia mais humilhação do que cólera.

— Estás borracho, debicou Boaventura. O mijo é bom para te curar da bebedeira...

— Hás de morrer mijando, desgraçado! praguejou o padre.

E mais não disse na sua grande aflição.

Tendo-se aproximado, reparou o caboclão que não era aquele o roubador da mulata.

— Ah, meu Deus! exclamou ele com aborrecimento. Padre Sinfrônio não é esse não! Foi engano do capeta...

Sim, seu patrão vingara-se do Padre Sinfrônio na pessoa dum inocente frade suro, desconhecido naquelas bandas.

— Não faz mal, disse o moço. Estes fradinhos vivem por aqui fugidos dos conventos. São todos de má vida e andam sempre metidos em toda sorte de traficâncias, tretas e petas.

— Praga de padre é pior do que maldição de mãe, disse o Chicão.

Isso dizendo, abriu a camisa, puxou os bentinhos que trazia pendentes do pescoço e, persignando-se três vezes com eles, murmurou em voz baixa:

— Em nome da Santíssima Trindade, Padre, Filho e Espírito Santo, três pessoas distintas e um só Deus verdadeiro.

Nesse em meio, a viúva veio até à porta, desfazendo-se em exclamações e lástimas:

— Ai, Sr. Boaventura! cometer-se tamanho sacrilégio na minha casa! Deus tenha pena de nós! Ai, que grande pecado!

D. Querubina era uma quarentona de cores ainda frescas, tetas exuberantes e nutrida rabadilha. Falava pelas tripas do Judas. Durante um

27

quarto de hora, pelo menos, falou, clamou e ralhou, acumulando ais e lamúrias, razões sobre indignações.

— Sr. Boaventura, disse por fim, ande hoje mesmo a buscar um padre que o ouça de confissão.

Contrariado, dispensou Boaventura o pouso da viúva e foi-se acoitar com os homens do seu séquito num rancho próximo No dia seguinte, cedinho, tomou o caminho do Rio das Velhas, aonde ia com intenção de vender umas catas.

## VII

## O NEGRO TOCADOR DE PITU

Entre a numerosa famulagem da sua casa da Vila do Carmo, tinha Boaventura um preto de São Tomé, vivo e ladino, o Eliezer, exímio tocador de pitu.

Incorrigível mandrião, Eliezer passava os dias nos matos vizinhos enviscando passarinhos e comendo frutos silvestres. Pelo cair da tarde, ia ele postar-se aos fundos dum quintal que dava para a senzala do solar de José Gomes Vilarinho, acaudalado reinol a quem chamavam o Transmontano.

Deitado na relva, Eliezer embeiçava o pequeno pífaro e dele tirava sons ciciantes e nostálgicos, a uníssono do amoroso alvoroço que lhe ia na alma africana.

A serenata não era sem objeto. Para que serve a música se não para a comunicação das almas? A toada mágica do pitu ia cantar direitinho nos ouvidos da escrava Andresa, mulata ardente e bonita, na flor do cio.

Apenas o ouvia, não tardava a ninfa pardavasca em escapulir-se para a companhia do amorudo flautista. Estendidos ambos no vassoural, calava-se o pitu. Sucedia-lhe o rumor da carícias trocadas entre os dois, horas esquecidas.

Desfeito o amavio, Andresa corria à senzala onde docilmente oferecia as nádegas ao castigo que merecera pela inexplicável ausência. Eliezer, esse rematava a serenata com uma marcha triunfal, comemorativa, em que punha os acentos do seu coração saciado e contente.

Mas, está escrito, o que é bom dura pouco. Os amores de Eliezer e Andresa foram descobertos. Deles sabedor, o Trasmontano ficou fulo de raiva. Era preciso castigar o negro vadio que lhe seduzira a serva de Violante, sua filha, e tida por esta em muita estimação.

Taturana! gritou ele chamando por um mulato sarará, capataz de escravos, que estava distraído a um canto da casa a rascar com a ponta da faca o pichaim cor de ferrugem.

— Taturana, agarra-me hoje mesmo o preto sem, vergonha e traze-mo cá, que o quero ensinar!

— Não é difícil, respondeu Taturana. O sinhô dele está viajando.

— Tanto melhor.

Quatro negros forçudos, aquela mesma tarde, ficaram de tocaia no lugar e à hora em que Eliezer costumava fazer serenata à mulatinha.

Chega o preto músico. Como de hábito, põe-se logo a soprar no seu instrumento. Andresa não tarda em atender ao pio. O pitu do Eliezer operava como prodigiosa pedra de cevar.

Pobre Andresa! Infeliz Eliezer! Cavilosa maquinação ia epilogar violentamente inocentes brincos da juventude! Antes que pudessem soltar um "ai Jesus", eram os dois amantes subjugados e conduzidos à presença do Trasmontano.

— Metam-lhe o bacalhau até o diabo dizer basta! ordenou o potentado. E não se esqueçam duma boa coça na mulata desavergonhada!

Eliezer foi amarrado com cipó a um tronco e açoitado a partidas dobradas por dois homens da sua pele. Amordaçado, para não incomodar com berros e lamentações a gente senhorial, ficou o negro privado de distrair desse jeito o seu padecimento.

— Está arrochado que nem pode fizer: piu! chancelou o Taturana que fiscalizava a surra.

Malha que malha, bate que bate, os bacalhaus iam e vinham sem cessar, cadenciadamente, lanhando, zurzindo, descarnando os lombos do escravo de Boaventura. Finalmente, quando notaram que o negro já estava mole de tanto apanhar, com o sangue esparrinhando de todas as feridas, atiraram com ele num mato da vizinhança, feito um molambo.

Quando, na manhã do dia seguinte, o encontraram junto um caminho de pé posto, estendido numa moita de juá-bravo carrapicho, continuava o preto a não dar acordo de si. Já as moscas varejeiras lhe passeavam pelo corpo depositando os ovos nas chagas abertas. Conduzido à casa de seu dono e senhor, foram-lhe lavadas e pensadas as feridas, depois do que o envolveram todo em folhas tenras de bananeira besuntadas de certo unguento caseiro.

— Eliezer não vai assim assim, disse um dos mulatos que tratavam dele. Negro tem fôlego de gato.

Com efeito, dentro de pouco, o aporreado e moído preto dava sinais de vida: revirava os olhinhos ladinos e saíam-lhe da garganta sons mal articulados, como a pedir alguma coisa.

— Está com fome, interpretou alguém.

Deram-lhe de comer. Eliezer engoliu a manjuba e mergulhou num sono restaurador.

Sabendo, ao chegar de viagem, que o Transmontano se aproveitara traiçoeiramente da sua ausência para mandar deslombar-lhe o negro músico, Boaventura ficou furibundo com o caso e jurou desafrontar-se da insolência do reinol.

— O maroto do buaba há de me pagar! disse irado, cerrando os punhos. Eliezer ainda tem quem puna por ele.

— Esse pretinho, fez ver Chicão, vale quinhentas oitavas de ouro. Vale, sim. De olhos fechados.

— De certo que vale, disse Boaventura. É um negrinho esperto como o alho. Já enjeitei por ele uma mulata nova e um cavalo bem bom.

E os cavalos, ali, eram raros. O moço bem sabia que entre quatrocentas e quinhentas oitavas de ouro variava o preço com que se compravam os escravos charameleiros, trombeteiros ou gaiteiros, muito cobiçados para tocarem nas festas de igreja ou nos reisados e encamisadas. Mas não se tratava disso. Tratava-se da injúria feita ao dono, feita a ele Boaventura. O transmontano teria de se explicar sobre a causa da ofensa e pedir desculpas.

— O cachorro que passe o couro nos escravos dele! Eliezer ainda tem dono vivo para lhe dar ensino quando precisar!

Ia tomar satisfações. Dormir com desaforo, nunca. Boaventura ordenou, pois, ao Chicão que aprestasse a sua gente para acompanhá-lo até a casa do potentado a fim de ter mão nos homens a seu serviço. Seguido de numerosos negros caceteiros, o caboclão entraria de chofre pelos fundos do quintal do Transmontano, de modo a cair sobre a plebe da senzala no momento preciso em que o mameluco estivesse tomando contas ao reinol, impedindo-a por essa forma de correr em socorro do patrão.

## VIII

## QUEM ERA O TRANSMONTANO
## E ONDE HABITAVA

Em boa hora havia adquirido o português Antônio Pereira, por oitocentas oitavas de ouro, as casas, as ferramentas e as terras do último morador do extinto Arraial do Carmo. Vasculhando as ribanceiras do rio e os tabuleiros adjacentes, encontrou ele a mancheias as pintas ricas que os seus antecessores não tinham sabido encontrar. Devoto como era de Nossa Senhora da Conceição, o afortunado minerador rendeu-lhe as graças pelo grande benefício que dela recebera. Encaminhou-se depois a um planalto, não longe da sua choça, desabafou algum mato, capinou uma eira e nela erigiu uma pequena ermida consagrada à poderosa protetora.

Não demorou o concurso de aventureiros. Gente afluía, de toda parte, movida pela ânsia de enriquecer depressa, aguilhoada por veemente auricídia. Das cidades, vilas, recôncavos e sertões do país vinha grande multidão de brancos, pardos e pretos, ademais de muitos índios de que os paulistas se serviam. Antigos moradores correram a recompor as cabanas abandonadas. Adventícios espalhavam-se pelas margens do rio. A onda dos recém-chegados invadia as terras de Antônio Pereira, que olhava tudo aquilo com tristeza, porém sem protestar.

Em torno da ermida cresceu o povoado. Uns moravam no Arraial de Baixo. Outros moravam no Arraial de Cima, que era o dos Bandeirantes, ou Arraial Velho. O povoado bracejou pelos morros. Uma das ruas mais habitadas, a do Piolho, paralela ao rio, ligava o Arraial Velho à Rua do Secretário. Sobre Mata-cavalos, começo da povoação, descia o caminho de Vila Rica.

Subindo às Minas com o intuito de pôr cobro às contendas entre paulistas e forasteiros, o Capitão-general Antônio de Albuquerque agradou-se da riqueza do Carmo e da cordura de sua gente e erigiu ali, em 1711, a primeira Vila das Minas do Ouro, escolhendo-a para sede da nova Capitania.

A leal Vila do Ribeirão do Carmo nada mais era que um aldeamento construído à pressa, em tudo semelhante às outras povoações fundadas pelos primeiros colonizadores. Tristes cochicholos de pau a pique, cobertos de sapé ou pindoba, enfileiravam-se desordenadamente, formando arruamentos estreitos e sinuosos. Raríssimas as habitações de pedra cobertas de telhas. Mesmo essas, duma pobreza franciscana: acanhadas e baixinhas, portas e janelas unidas à beira do telhado, paredes de taipa de pilão. A população infixa dos primeiros mineradores pouco se cuidava ainda de exigir mais do mestre de obras luso ou do alvenel africano. A preocupação única era enriquecer depressa e regressar à terra natal. Só mais tarde, com a descoberta das grandes formações auríferas, é que houve ensejo para mais firmes estabelecimentos.

O Transmontano habitava, no Arraial de Baixo, um casarão assobradado, todo de taipa, guarnecido de portais e janelas de braúna. Era o mais vasto edifício da Vila, verdadeiro castelo de armas onde havia gente sempre pronta para acudir aos rebates. Na senzala, aos fundos dum pomar ensombrado, formigava a correição dos escravos negros e pardos.

José Gomes Vilarinho era duma família de Trás-os-Montes, gente de poucas posses mas honrada e labutadora. Estando ainda na puerícia, viera para o Brasil, recomendado a um rico mercador da Bahia, em casa do qual foi feito caixeiro. Em pouco tempo conquistava a estima do patrão e o amor duma de suas filhas, com quem acabou casando. Morrendo-lhe a mulher, na ocasião em que reboava por todo o país a fama das minas de Itaverava, Ribeirão do Carmo e Ouro Preto, deliberara passar-se às Gerais a negociar por conta própria. Em casa dos avós ficara a pequena Violante, unigênita da breve e malograda união.

Vilarinho enriqueceu rapidamente no trabalho afortunado. Rendosas lavras minerais, aqui, ali, acolá, e fazendas de criação nos Currais da Bahia, engrossavam-lhe dia a dia as vultosas posses sem falar no forte comércio de aguardente, fumo e carne, que continuava a fazer com enormes lucros. Já então havia contraído segundas núpcias, unindo-se a uma moça paulista de muita prosápia.

A segunda mulher do Vilarinho, D. Maria Joaquina, não lhe dera filhos, Era uma senhora alta e branca, de carnação flácida e olhos tristes de monja, encapsulados em largas pálpebras maceradas. Teria trinta anos, quando muito. Sem aptidão procriadora, frustrada nos seus anseios de maternidade, arrastava uma existência morna e indiferente, sempre ocupada com os seus intermináveis achaques. Sua débil vontade anulava-se por completo ante a do autoritário marido, e a silenciosa estima que a ele dedicava mesclava-se de muito respeito, onde havia, mesmo, certo ressaibo de temor.

Homem rígido e formal, justo a seu modo, porém incapaz de expansões cordiais, Vilarinho tratava a mulher com afeto cerimonioso, mais de intenção que de coração. No fundo, desprezava-a por causa da sua esterilidade sem remédio.

## IX

## NA CASA DO POTENTADO

Boaventura dirigiu-se com seus homens para a casa do afazendado reinícola. Não encontrando ninguém que lhe embargasse o passo, meteu ombros à porta e entrou resolutamente. Na sala principal, ninguém. Acudindo ao rumor de passos, aparecia pouco depois o Trasmontano. Era um homem alto de corpo e enxuto de carnes, barbilongo, o rosto picado das bexigas. Beirava os cinquenta anos. Dando com os olhos em Boaventura, ficou sem articular palavra, mudo de assombro. Ante a audácia do turbulento mestiço, com quem desde muito andava em contendas e que agora lhe entrava desaforadamente a casa, sentiu-se sufocado de indignação.

Boaventura disse ao que ia. Estava ali para exigir explicações e desculpas pelo cruel espancamento do seu escravo.

Cobrando-se do espanto, Vilarinho franziu as cerdosas sobrancelhas e esbravejou que não tinha que dar satisfações do que fizera, nem era aquele o lugar de pedi-las.

— Saia, gritou furioso. Saia, se não quer que os meus escravos o ponham na rua!

— Não saio sem desculpas, nem tenho medo dos seus escravos, respondeu calmo o mameluco.

— Sai, cão tinhoso! ululou o Transmontano. Sai fora, matulão, antes que te mande para as profundas do inferno! Maus raios te partam!

Isso dizendo, investiu de punhos crispados para o moço, mas este o agarrou fortemente pelos pulsos, paralisando-o facilmente.

Que é, que não é, surgiu assustada do interior da habitação a filha do reinícola, recém-chegada da Bahia, já moça feita. Logo depois entrava a mulata Andresa aos gritos:

— Patrão, acuda! Os homens estão se matando na senzala!

— Não façam caso, disse Boaventura. São os meus negros valentes que estão vingando o espancamento do Eliezer.

Violante olhou aflita para o atrevidão e rogou:

— Mande suspender tamanha barbaridade. Minha madrasta está doente... pode sentir-se do susto.

E, com voz muito macia:

— Peço-lhe...

O pedido soou suavíssimo aos ouvidos do Boaventura. Reparou então na moça. Pareceu-lhe linda, como não vira ainda igual. Nunca os seus olhos se haviam pousado numa criatura tão perfeita. Nunca. Conhecera até ali muitas mulheres que tinham atrativos físicos: brancas de feições delicadas e expressivas; cunhãs de formas graciosas e músculos elásticos, flexuosas como juncos; mulatas sedutoras, de carnação tersa e voluptuosos flancos, e pretas de uma perfeição física verdadeiramente animal. Aquela, porém, era diferente, bela, fina, sem termos de comparação. Não era mulher, era a doce imagem duma santa.

Boaventura seguiu maquinalmente a moça até o quintal para fazer cessar a pancadaria. O enfurecido Transmontano continuava a proferir terríveis imprecações, meditando talvez, para mais oportuna ocasião, uma exemplaríssima vingança.

— Suspende, Chicão! gritou o mameluco. Já chega!

Isso ordenado, fez uma respeitosa vênia à linda moça e foi-se em paz com seus caceteiros.

# X

## A MISSA DO CARMO

Boaventura dormiu mal a noite. Não lhe saíra do pensamento a imagem suavíssima da filha do Trasmontano. A doçura, a incomparável pureza de sua voz continuava a sussurrar-lhe aos ouvidos, cariciosamente: "Peço-lhe..." E pedira tão pouco. Que não daria ele para ouvi-la ainda uma vez, uma única vez! De que ação impossível, de que inaudita façanha não seria capaz para atender-lhe a súplica dulcíssima: "Peço-lhe..."

Entrou-lhe um desejo insofreável de tornar a vê-la. Como? As primeiras famílias povoadoras das Minas, compostas do melhorzinho da migração paulista e de reinícolas de consideração, eram pouco numerosas e viviam retiradas em suas roças e engenhos, onde levavam vida recolhida e senhoril, afastadas por completo do poviléu das vilas recém-fundadas e das suas turbulências.

A família do Trasmontano, embora habitasse o Ribeirão, raramente aparecia. Por exceção, era vista em uma que outra festa realizada na vila e, mais frequentemente, na missa dominical da matriz do Carmo.

Até que chegasse o vagaroso domingo, Boaventura teve de esperar cinco longos, lentos, arrastados dias. Enfim, por uma bela manhã pôde ele enrouparse, com a tafulice que a ocasião exigia para a missa do Carmo. Envergou uma casaca de pano fino cor de pinhão, véstia de terciopelo verde, calções de lemiste e meias de seda carmesim. Vistosa capa de camelão azul moldava-lhe a gentileza do porte. Gastara boas oitavas de ouro com aquelas roupas impróprias de mineiro, e, embora desajeitado dentro delas, estava contente consigo mesmo e esperava fazer a melhor figura.

Os dois sinos da matriz, repicando de concerto, conclamavam os fiéis. O bimbalhar de um, alegre e argentino como a voz dum adolescente, fazia *duetto* com o som grave e persuasivo do outro, de mais dilatadas vibrações.

Dois, quatro, seis grupos de fiéis, vindos pela Rua Direita, desembocam no largo da igreja. Os homens, em maioria, vão descalços; alguns calçam botas; outros, alpercatas. Passam velhos, lentos, encurvados, tossindo e pigarreando. Passam devotas apressadas, cochichando misteriosamente.

Galinhas cacarejam ao sol, ciscando os detritos do solo com evidente satisfação. Algumas vão seguidas de um número incrível de pintainhos. Bandos de tico-ticos saltam, correm, vão e vêm, pipilando estridulamente. Bacorinhos fuçam a lama das poças formadas na rua pelas últimas chuvas.

Postado no ádito da igreja, Boaventura não desfitava os olhos dos homens e damas que vagarosamente se aproximavam aos grupos.

O ar é vivo e transparente. O sol banha o adro da igreja e põe agradáveis resplendores no rarefeito casario da vila.

Enquanto não começa a missa, saem fora alguns fiéis para se aquentarem ao sol e saberem das novidades. É aí no adro, à hora da missa dos domingos, o mentideiro predileto da tagarelice pública. É aí que os paroquianos preferentemente comentam os últimos sucessos, trocam opiniões, discorrem sobre a coisa pública, dão curso a boatos, urdem intrigas, demolem reputações.

Junto a um frade-de-pedra conversam três homens de certa idade. Homens endinheirados, pela aparência.

— Os negócios vão mal, diz um deles, alto, descarnado, pele tostada, a voz grave e pausada. O meu engenho de cana do Morro Grande, na Bahia, só me dá trabalho e desinquietação. O ganho é, cada dia, menos compensador...

— O senhor está-se queixando de papo cheio, replicou o mais moço dos três. As melhores minas do Brasil ainda são os canaviais. Nunca o açúcar alcançou preços tão altos como agora. Nunca os senhores de engenho se encheram de tanto dinheiro.

O terceiro — homem de bons sessenta anos, baixote, a cara gorda orlada duma barbicha branquicenta — sacudiu a cabeça, aprovando.

— É o que parece, tornou o primeiro. Os ganhos do produtor são insignificantes, comparados com os muitos gastos e os enormes encargos que pesam sobre ele. Subiu o preço do cobre e do ferro, subiu o preço dos escravos, subiu o preço dos panos e do mais que necessitam os engenhos. O transporte é caro e difícil. Há falta de navios, e pouca ou nenhuma segurança nos mares.

O baixote concordou:

— Não há dúvida, disse ele. Se fosse possível reduzir a uma moderação competente os preços das coisas que vêm do Reino, assim como o preço dos escravos de Angola e Guiné, então poderia o açúcar ser vendido por preço mais em conta.

— Quem ganha menos é o produtor, prosseguiu o senhor de engenho. O lucro vai todo para os revendedores, para os atravessadores, para os traficantes — enfim, para esses marotos do Reino, que se enriquecem fora de medida no comércio. As fazendas e os engenhos só dão cuidados e prejuízos. Administrar uma fazenda é coisa penosa e difícil, principalmente para ombros como os meus que já começam a fraquejar sob o peso dos anos.

— Não tem filhos que o ajudem?

— Filhos, não. Tenho na fazenda dois sobrinhos, dois grandissíssimos mandriões, que com seus vícios me dão dobrados desgostos. A mocidade de hoje não presta para nada. Os moços agora só servem para desinquietar as escravas dos engenhos. São, isso sim, bons padreadores das raparigas índias e do femeaço negro das senzalas.

A terra é enorme e reclama braços, muitos braços, disse o baixote, cujas propriedades rurais se enchiam patriarcalmente de bastardos, filhos do seu sangue e do sangue de seus filhos.

37

E contou como, tempos atrás, nas suas entradas pelos sertões à caça do íncola, haviam contribuído os paulistas, seus patrícios para o rápido povoamento das novas terras. As moças índias não opunham grande resistência à lascívia do branco. Ao contrário. No afã, tão feminino, de se classificarem, de se igualarem aos civilizados, só valendo para elas o parentesco pelo lado paterno, ambicionavam ter filhos pertencentes à raça conquistadora. Perguntassem: "Milho branco com milho vermelho, que é que faz?" E as formosas cunhãs responderiam sorridentes: "Faz mameluco..." Sim, mameluco seria o desejado produto duma mistura feliz.

— O índio, disse ele em remate, tem razão de dizer que o branco quando chega toma tudo... tudo, até as mulheres... e não dá nada em troca.

— Dar, lá isso dá, redarguiu o mais moço: dá cachaça e fumo, dois venenos. E trabalho de matar. E ainda por cima lhe pegamos as nossas gafeiras.

Tornando à sua ideia, disse o baixote

— Depois do dilúvio, quis Deus que os homens andassem sobre a terra e a enchessem... É das Escrituras. Por isso digo que é preciso povoar estes desertos, de qualquer jeito.

— Pois sim, replicou o austero senhor de engenho, o que a terra precisa é de braços que a trabalhem, e esses não saem do escorralho das senzalas. A mestiçagem, até aqui, só nos tem fornecido vadios e viciosos.

— O cariboca, sobretudo, é indócil e arrogante.

— Sim. Canalha preguiçosa, pouco aplicada aos trabalhos manuais...

Violante e a madrasta enfim aparecem, acompanhadas de perto pelo Trasmontano, que se mostrou contrariado ao dar com os olhos no mestiço. Boaventura, com certo desgarre de fidalgo, ergueu discretamente o finíssimo chapéu de castor e fez ligeira inclinação de cabeça à passagem das duas damas.

Ajoelhada perto do altar, Violante mergulha os longos cílios no livrinho de Horas, passando e repassando com seus dedos finos as contas do pequeno rosário de madrepérola. Uma réstia de luz atravessa a igreja em diagonal e vai nimbar-lhe os encaracolados cabelos, fazendo-os refulgir como áscuas de ouro.

*Ite, missa est.*

O celebrante dá a bênção final às suas ovelhas. Violante passa pelo braço da madrasta e detém-se ao pé da porta, molhando os dedos na pia de água benta. Ergue os olhos para Boaventura, que ficara por baixo do coro, encostado a uma coluna. Olha-o um instante com seus belos olhos cinzentos. Parece reconhecê-lo. O Trasmontano dardeja sobre o moço um olhar carregado de desprezo e rancor, desejando-lhe do mais fundo da alma uma morte próxima e violenta.

Poucas outras manhãs de domingo pôde o mameluco contemplar a figura de Violante. O Transmontano, desconfiado, observou-lhe as esperas, os movimentos insidiosos, os olhares concupiscentes que ousava erguer até a pureza de sua filha, e tremeu por ela. Era preciso defendê-la do baixo desejo daquele mestiço atrevidão. Não tornariam à missa do Carmo.

    Passou-se uma semana, e outra, e outra... A lembrança da moça apoderava-se da imaginação do mameluco com exclusão de qualquer outro pensamento. Tornava-se viva, obsessora, dolorosa mesmo. Boaventura sentia-se como que envenenado pela imagem da moça. Alimentava-se mal e dormia pior, sempre inquieto e absorto, o cérebro atravessado por ideias incoerentes. Julgava-se vítima dum enfeitiçamento, de estranha potência a que a alma é forçada a obedecer. Estava desesperado. Amaldiçoava Violante e a obscura e incoercível fascinação que exercera sobre ele. Nunca pudera supor que houvesse mulher bastante sedutora a ponto de amolecer-lhe de tal modo o coração. Ei-la, a filha de mortal inimigo, que vinha intrometer-se de repente no seu destino! Tanto pior!

## XI

## RECEPÇÃO NO ESPAÇO

Nesse dia — 19 de abril de 1719 —, fazendo anos a condessa, ausente no Reino, deu D. Pedro de Almeida, Conde de Assumar, governador da Capitania de São Paulo e Minas do Ouro, festiva recepção no Paço, à qual compareceram as personalidades mais consideráveis da Vila do Carmo e da vizinha Vica Rica: guardas-mores, ouvidores, sargentos-mores, mestres de campo, juízes de vara branca e de vara vermelha, vereadores, clerezia, oficiais dos terços de auxiliares e de ordenanças, algumas famílias distintas — as poucas que havia — de ambas as vilas e outras pessoas ricas ou bem nascidas.

Lá estava José Gomes Vilarinho, em companhia da mulher e da filha, vestidas ambas de suas mais ricas louçainhas. Lá estava também, para desespero do orgulhoso potentado, o jovem Boaventura, enfeitado como um falso casquilho da Corte, nada à vontade naqueles panos de homem da cidade. Levara-o Frei Tiburciano de São José, seu padrinho de crisma, homem de grandes letras e muita santidade.

Um bem apessoado alferes de auxiliares do terço da Vila-Real do Sabará estranhou que os paulistas sobrelevassem em número os convidados reinóis. O secretário do governo, com quem o miliciano armara conversa, explicou:

— É natural. Os paulistas representam o mais estimado elemento desta Vila. Além disso, os reinóis andam de há muito às testilhas com os governadores da Capitania. Como o Sr. Alf. Suzarte por certo não ignora, o povo destas Minas vivia sem rei nem lei, reduzido à governança arbitrária de régulos e mandões, feudatários dos distritos povoados. A esses é que recorriam os moradores nas suas pendências. A desgovernada sociedade não tardou em dividir-se em dois partidos: de um lado, os orgulhosos paulistas, primeiros povoadores destas terras e descobridores de suas minas, — que reputavam de sua exclusiva propriedade; do outro os portugueses e baianos, que se enchiam de dinheiro no comércio e ainda concorriam com os outros na mineração, sobrepujando-os.

— Com o que se remoíam os paulistas de muita inveja. Daí a discórdia.

Esse foi, sem dúvida, o principal motivo de andarem malavindos. Mas houve outros. O que acabou de exasperar os de São Paulo foi o monopólio dos açougues, do fumo em rolo e da aguardente, em mãos dos chamados forasteiros. Contra essa calamidade bradaram os paulistas, apoiados por todo o povo. Começou então uma encarniçada guerra...

— A guerra dos de São Paulo com os forasteiros.

— Sim... em que os paulistas não levaram a melhor, como o senhor alferes sabe.

— Sei, sei. Foi nessa ocasião que os Emboabas aclamaram ditador ao famigerado caudilho Manuel Nunes Viana.

— Isso mesmo, disse o secretário. Tendo notícia do que por cá se passava, acertou então El-Rei de criar esta Capitania. Vieram capitães-generais para implantar a lei e apaziguar as gentes em luta. Tarefa difícil...

Criados negros passavam oferecendo refrescos e confeitos aos convidados.

O secretário do governo aceitou um capilé. Tendo molhado a palavra, prosseguiu:

— Tarefa difícil e sumamente penosa...

— Sim, sim, disse o alferes, e as coisas não levam jeito de melhorar.

— Estes povos sempre viveram à solta. Estão mal acostumados. Sobretudo os poderosos reinóis, cujo orgulho desmedido cresce todos os dias. Esses continuam a praticar abusos e escândalos, à sombra de privilégios. Sonegam impostos, contrabandeiam o ouro, atravessam os gêneros de primeira necessidade, promovem alvorotos, apoderam-se da fazenda alheia... Contra esses e outros desmandos esbarra a vontade do Governador, sem forças para fazer respeitado o princípio de autoridade.

— Eu penso que o espírito disciplinador do Sr. Conde de Assumar conseguirá impor a ordem, disse o Alf. Suzarte. É homem de fibra, carreira feita nas armas...

— Também o creio. O gênio austero de D. Pedro é incapaz de sofrer costumes viciosos. E com ele estão todos os homens bons desta Capitania.

— Os potentados paulistas também o apoiam, ao que me consta.

— Neste particular, sim. Porque — bem se compreende — quanto à cobrança dos quintos e outras matérias que tais, toda gente está contra o Governador. Assim como assim, o senhor conde procura tirar proveito da momentânea amizade dos de São Paulo e, de sua parte, lhes dá certa força e prestígio.

— Dividir para reinar. Boa tática política. — Ademais disso, os paulistas são maus comerciantes; gente honrada, portanto. É o que pensa D. Pedro.

O Conde de Assumar, conversando com uns e com outros, dispensava a todos as mais fidalgas atenções.

Não fora o receio de contrariar o Governador; e o apreensivo Vilarinho ter-se-ia retirado com a família, pois receava que o mameluco se aproximasse de Violante e lhe dirigisse a palavra. Até ali, porém, Boaventura se havia contentado de a namorar de longe com olhares insistentes e afogueados.

— Senhor conde, quando teremos bispado no Carmo? perguntou Frei Tiburciano de São José aproximando-se de D. Pedro, O ex-comandante do exército português na guerra da sucessão de Espanha, descendente da ilustre estirpe dos Almeidas, decantados nos Lusíadas, voltou-se com deferência para o frade capucho de Santo Antônio. Escorreito e bem posto no seu vistoso uniforme de mestre de campo general dos exércitos reais, D. Pedro de

Almeida figurava pouco mais de trinta anos. Os bucles da cabeleira, à moda de D. João V, emolduravam-lhe o rosto rapado e enérgico.

— O mais breve possível, disse o conde. Esse é o meu maior desejo. Precisamos de um bispo que vigie de perto os frades e clérigos de ruins procedimentos. Vossa reverência, que é uma das poucas e honrosíssimas exceções, bem compreende a falta que nos faz uma prelazia.

O frade inclinou-se em respeitosa mesura.

Sem sombra de dúvida, não era como os outros, Frei Tiburciano. Pregador insígne, entrara, anos havia, a missionar nas Minas, com grande lustre para a oratória sacra, é verdade, porém com escassa edificação daquelas tresmalhadas ovelhas do Senhor. Por sua sólida virtude granjeara a confiança e o favor do capitão-general.

Frei Tiburciano era um quinquagenário robusto e bem disposto, meão de estatura e ancho de corpo. Na face redonda e vermelha brilhavam-lhe uns olhinhos espertos de criança. Usava óculos, por ser curto da vista.

O Governador discreteou pausadamente acerca dos negócios públicos e dificuldades da sua administração. Duas questões formidáveis o assoberbavam: a cobrança dos direitos em oficinas reais de fundição do ouro e a expulsão dos eclesiásticos apóstatas, simoníacos e contrabandistas. Dizia o conde:

— Como não vivem hoje debaixo da obediência de seus prelados, os frades — perdoe-me, Rev. Frei Tiburciano, que o diga na sua presença — os frades não querem também que os povos destas Minas tenham superiores. Vai daí, andam a sugerir e a dizer publicamente nos púlpitos que os vassalos de Sua Majestade não têm obrigação de contribuir com os direitos que deles se cobram. As autoridades seculares nada podem contra eles. Não, não podem. E o pior é que não há quem lhes queira mal, por essa matreira conveniência de extraviarem eles o ouro para si e para os amigos. Não é só. Esquecidos de seu estado e obrigações, os frades não hesitam em fazer venais os sacramentos...

Frei Tiburciano atalhou:

— A época é de vícios e abusões, beatices e licença. A simonia é própria dos costumes desbragados destes tempos. Potentados existem aqui, sanguinários e dissolutos, que se acamaradam com os confessores e com eles negociam a salvação de suas almas abomináveis. Entendem que para andarem bem com Deus é bastante que sejam batizados, ouçam missa e não faltem à desobriga. Fora daí, porém, não consentem que nenhum laço da Igreja lhes estorve a liberdade de ação. O espírito insubmisso dos régulos é por igual infenso aos freios eclesiásticos e a toda ordenação jurídica e social.

## XII

## O SARAU

Começaram as contradanças, os minuetes e os cotilhões. D. Pedro saiu a dançar com a esposa do ouvidor-geral. O lampeiro alferes de auxiliares, dando o braço à filha do Vilarinho, mostrava-se encantado com a sua formosa dama. Suzarte não se fartava de admirar as graças daquela moça fina e branca. De olhar aceso e lábios gulosamente contraídos, observava-lhe a epiderme transparente, a tênue rede das veiazinhas azuladas, a linha perfeita das sobrancelhas, as louras madeixas repousando no cabeção do vestido.

— Vossa excelência dançou como o Rei David diante da arca da aliança, disse Frei Tiburciano cumprimentando o capitão-general.

D. Pedro inclinou-se e sorriu:

— Os entreténs duma boa sociedade fazem-me lembrar as alegrias íntimas da família, que deixei no Reino, e distraem-me um pouco dos perigos a que estou aqui exposto na governação destes povos rebelões e amotinadores. Como sabe vossa reverência, tenho passado por muitos trabalhos e perigos, em batalhas e sítios de praça. Mas posso afirmar que nada é comparável às fadigas em que me tenho visto por querer implantar a ordem nestas Minas.

Frei Tiburciano sermonou:

— Estas gentes não são governadas pelo rei, nem pelos executores de suas reais ordens. São governadas, isso sim, pelo Divina Providência, cujo poder não tem limites. A estas gentes não lhes dá cuidado a cultura da alma. Toda beatitude está-lhes no amor próprio, toda perfeição, no destemor e na riqueza.

— Só as deixando à lei natural, disse o conde. Porém é isso que até agora não lhes tenho consentido, nem enquanto eu puder lhes hei de consentir. A experiência, entanto, me vai mostrando que cada dia posso menos. Nas matérias em que devo usar de força me descobrem a fraqueza e a impossibilidade. Ficam por esse modo inúteis as minhas diligências.

Instada pelos presentes, Violante vai cantar. Boaventura ofereceu-se para acompanhá-la à viola nos solaus. Violante fingiu não ter ouvido e aceitou logo igual oferecimento do alferes. E cantou então, muito à própria, xácaras e trovas que aprendera na Bahia. Tinha a voz ligeiramente velada, suave, acariciadora.

— Cantou como um arcanjo, disseram uns.
— Cantou que nem um passarinho, disseram outros.

Violante sorria e agradecia, a modéstia pintada nas faces rosalvas. O mameluco tomou então da viola e anunciou que também iria cantar. Temperou o instrumento e, fitando afoitamente filha do Vilarinho, cantou o início da cantiga da *Menina fermosa*:

*Menina fermosa,
dizei do que vem
que sejais irosa
a quem vos quer bem?*

*Porque se concerta
rosto e condição,
dais por galardão
a pena mais certa.*

*Sendo tam fermosa,
dizei do que vem
que sejais irosa
a quem vos quer bem?*

Ditas as trovas, lançou sobre a moça um olhar como que de desafio e, após uma pequena pausa, continuou a cantiga (que era à maneira de diálogo entre homem e mulher), como se a réplica fosse dada por Violante:

*Que me dá a mim disso
que vós padeçais,
será por demais
o vosso serviço.*

*Não serei piedosa
nunca com ninguém
senão sempre irosa
com quem me quer bem.*

A cantiga, que era longa, foi interrompida (oportunamente, talvez) com a palavra do Conde de Assumar, que anunciou aos presentes, apontando para um reinol que o ladeava e não era outro senão um rico minerador, dono do Morro do Ouro Podre:
— Saibam todos que a nossa próxima festa será muito mais brilhante. Aqui o mestre de campo, Pascoal da Silva, comprometeu-se a trazer, para o ano, pessoal escolhido a desempenho de comédias e outros divertimentos.
Boaventura aproveitou-se do sussurro e de estarem as atenções voltadas para o Governador, dizendo ao ouvido da moça: — Adoro-a, Violante...
Palavras tão rápidas e atropeladas que mal puderam ser entendidas. No olhar do moço havia porém tal nitidez de sentimentos, que Violante ficou com o rosto ardendo de rubor.
Pensando nele, assaltavam-lhe o pensamento as mais encontradas impressões. Desde que o vira pela primeira vez, na ocasião do insulto a seu pai, a opinião ficara-lhe em suspenso: nem favorável, nem desfavorável.

Desejaria sinceramente tê-lo odiado. Por que o não odiava? Eis o que não compreendia. Vira-o mais vezes, na missa do Carmo, e bem percebera o ostensivo interesse com que a fitava. Notara-lhe a presença agradável, a galhardia do porte e a tranquila audácia que se refletia em toda a sua pessoa. Nele, o que logo feria a atenção era o olhar altaneiro e decidido; depois, a delicadez da tez morena, o cabelo negro, cheio e duro, os olhos pequenos mas vivos, o desenho firme da boca.

Violante via culpa no amor que involuntariamente inspirara. Mas a verdade é que, mal chegava o domingo, sentia um agradável, um desconhecido alvoroço ao aprontar-se para a missa. Vestia-se com muito mais prazer e mais meticulosa garridice. Por quê? Depois, o pai não a tornara a levar ao Carmo. Não lhe disse o motivo, nem era preciso. Bem que o compreendeu, sentindo-se intimamente picada de certa decepção.

Agora... Não sabia o que pensar. Preferia não pensar.

Terminava a festa. Os convidados despediam-se do governador. Violante, deliberadamente ou por simples acaso, deixou-se ficar alguns passos atrás do pai e da madrasta. Boaventura aproximou-se dela com o coração inchado de amor e apertou nas suas a honesta mãozinha que a moça furtivamente lhe estendia.

Ao pôr pé na rua, Violante voltou-se e olhou para ele um momento, parecendo que com o olhar lhe dizia mil coisas ao coração.

## XIII

## A MISSÃO DE ELIEZER

Boaventura maquinava um meio de chegar à fala com a filha do transmontano. Nesse desejo quase impossível consumia dias. Nada lhe ocorria à imaginação. Ninguém avistava Violante. Ninguém sabia de Violante. Duas, três, quatro vezes ao dia, lá teima o mameluco a rondar-lhe a casa. Teima inútil. O casarão do Vilarinho, meio escondido entre as bananeiras, é impermeável aos olhares esquadrinhadores dos transeuntes. As portas estão fechadas. As janelas estão fechadas. O sol reverbera nas paredes caiadas. Em toda a casa um aspecto de vetustez, de imobilidade, de repouso claustral. Que se passa lá dentro com o Transmontano, com D. Maria Joaquina, com Violante? Ninguém sabe. Só mesmo aquele famoso Diabo Coxo, que tinha a indiscreta virtude de levantar os tetos das casas para surpreender a vida dos moradores, seria capaz de lançar uma vista de olhos no lar do austero reinol e vir contar depois aos bisbilhoteiros o resultado da cavilosa investigação.

Pela porta-cocheira, trafegam os serviçais que entram e saem, ocupados em seus misteres. Escravos negros, descalços e seminus, vão e vêm pachorrentamente, sem nenhuma mostra de pressa ou esforço, o passo lerdo e bambaleante marcado pelo ritmo uniforme das nádegas. Eis tudo o que se podia observar.

Mas, como se sabe, o diabo não dorme. Inesgotável é o seu repertório de traças e manhas para acudir aos homens nas suas aperturas. Assim foi que lembrou ao moço aquilo que não podia deixar de lembrar-lhe. Boaventura chamou o Eliezer e o instruiu acerca da delicada missão que lhe cabia desempenhar. O preto músico deveria, o mais depressa possível, reatar amizade com a mucama de Violante. A chocalheira Andresa não deixaria de soprar aos ouvidos da sinhá tudo o que o Eliezer lhe fosse dizer da parte do sinhô. E vice-versa.

— Mas desta vez, aconselhou o amo, desta vez é preciso cuidado. Procede com cautela, Eliezer. Mostra que és negro ladino. Se fizeres serviço bemfeito, dou-te alforria.

Transido de medo, Eliezer estatelou no seu senhor os olhinhos assustados, estorceu-se com dores no umbigo, gemeu, grunhiu baixinho. Outra vez sentia nos lombos, como pontas de fogo, os açoites ordenados pelo feroz Transmontano. Outra vez os bacalhaus se desenrolavam para lhe comerem o couro da cacunda: lépote, lépote.. Ai, dor!

Boaventura procurou tranquilizá-lo:

— Deixa-te de visagens de macaco velho. Vais fazer o que eu disse, e não tenhas medo. Agora estou eu aqui para defender os meus negros.
Mais animado, Eliezer perguntou:
— Preto fica forro? Não trabalha mais?
— Algum dia trabalhaste, negro sem vergonha?
Por último, recomendou-lhe:
— Mas vê se arranjas isso sem música.

Antes de se arriscar na empresa de que o patrão o encarregara, Eliezer achou prudente consultar um feiticeiro vidente que tivesse a virtude de prevenir as surpresas reservadas pelo destino. Pegou dois galos negros e encheu o bornal com boa provisão de araçás, gabirobas, cagaiteiras, que havia em abundância naqueles matos, e juntou-lhes acarajés, pipocas e bolos de milho. E meteu o pé no caminho em busca do cadomblezeiro mais famoso da redondeza.

Depois de ter andado uma estirada légua, divisou o pretinho duas cafuas contíguas, num lugar ermo. Uma era a morada do feiticeiro ou *babalaô*. Outra era o *peji*, santuário africano. Bateu para lá. Um preto ancião, caquético, escanifrado, com as lãs do cabelo e da barba completamente esbranquiçadas, estava-se aquentando ao sol, no terreiro, sentado de cócoras. Parecia ter mais anos do que um papagaio velho. Eliezer saudou o preto esquelético que já não parecia deste mundo. Já o conhecia: era o Manuel Oxalá. Disse o motivo da caminhada. Contou a história dos seus enleios com a mulata Andresa e a surra que levara para seu escarmento, referiu a história do namoro do patrão com a filha do Transmontano e falou da perigosa missão de que fora encarregado. Desejava saber se a sua pele estava ameaçada de novo castigo.

O macróbio levantou-se a custo, ajudado pelo pretinho. Arrimando-se a uma manguara, dirigiu-se vagarosamente para o interior do *peji*. Eliezer entrou atrás dele e entregou-lhe os galos e o bornal das oferendas, para os sacrifícios. Sobre uma mesa tosca de madeira, coberta de pano bordado e enfeitada de penas e papel, havia uma bilha de água, cuias e pratos de barro com as comidas especiais a cada um dos vários orichás, ou divindades africanas, contas azuis, brancas e vermelhas, pulseiras de latão, pequenas vassouras de piassava, e outras bugigangas. Ao centro do altar, num estrado, a imagem de Nossa Senhora do Rosário; dois engrimanços de pau: *Ogun* o Santo Antônio dos negros, e *Baru*, identificado com São Jerônimo. Numa larga panela de barro, outros santos e ourixás, entre os quais o mais poderoso de todos: a pedra de Santa Bárbara, ou pedra do raio, que o africano supõe cair do céu em ocasião de tempestade. Pendentes da parede, estampas de santos católicos, ferraduras, molhos de ervas.

As oferendas não bastavam. O velho bruxo queria também a recompensa adiantada do trabalho que ia fazer. Voltou-se para o Eliezer e, tendo feito com o polegar e o indicador da mão direita o gesto que universalmente exprime o dinheiro, murmurou:
— *Ojá, Ojá!*
Eliezer não entendia a língua ioruba, mas compreendeu muito bem o que o velho queria. Depôs-lhe na mão as moedas de cobre que trazia no bolso.

Manuel Oxalá pendurou ao pescoço um colar de contas e deu começo ao candomblé, Rezou primeiro, atrás da porta, voz sumida e ininteligível, com uma pieira na garganta. Decapitou depois, com uma faca de pedra lascada, os dois galos negros e deixou o sangue gotejar sobre um pedaço de ferro. Antes de nada, era preciso engambelar *Exu*, o espírito do mal, que se esconde sempre num ferro velho. O negro é maniqueísta. *Exu* que os fetichistas catolizados assimilam a Lúcifer, acompanha todos os nossos passos, pronto a armar-nos ciladas. Para conjurar as suas avessas intenções, é mister fazer-lhe sacrifícios. A comida o entretém.

O feiticeiro despejou em dois pratos de barro as frutas, os acarajés, as pipocas, os bolos de milho e o azeite de palma, colocando toda a pitança diante do fetiche de ferro. Tornou para o Eliezer os olhos vidrados, e disse:

— Fala: "É comida, *Exu*. Come, *Exu*".

O pretinho repetiu, pondo agrados na voz:

— É comida, *Exu*... Come, *Exu*...

Em seguida, para deduzir os augúrios, o *babalaô* consultou o *Ifá*, divindade representada por duas cabaças contendo cada uma dezesseis frutos de dendê. Encerrados os frutos em ambas as mãos, sacudiu-os e deixou-os cair um a um. A proporção que os *ifás* caíam, o olhador ia predizendo o que havia de acontecer.

Eliezer podia ir-se tranquilo. Tudo lhe correria bem. Manuel Oxalá arquejou:

— Branco tem parte com diabo. Pretinho enganou diabo. Ah, ah, ah!...

## XIV

## PERIGOSO ENLEIO

Eliezer não tardou em se avistar com a mulata Andresa. Industriada por ele, a mucama correu logo a dizer à sinhá que o mameluco gostava muito dela e estava morrendo de tristeza, por amar sem esperança de se ver correspondido.

Violante ralhou com a mulata, ameaçou:

— Não tornes a falar nisso. Olha que vou dizer tudo ao pai.

Andresa não se deu por achada. Fiel à sua função de criada de quarto, a que é inerente o de recadeira, todo santo dia tinha ela alguma coisa que cochichar da parte do mestiço. Violante ouvia e calava. Depois, a curiosidade acabou vencendo escrúpulos e temores. Desse modo, tornou-se Boaventura o alimento das conversas entre ama e mucama.

Todos os dias, a uma hora certa, Boaventura passava a cavalo pelas imediações da casa do Transmontano e parava um momento a olhar para a janela do quarto de Violante. Andresa, que espreitava esse momento, chamava então a moça:

— Venha, depressa. Venha vê como ele está bonito.

— Não quero vê-lo.

— Ora, venha. Que é que tem? Coitado! Ele gosta tanto de sinhá!

Violante ia olhá-lo, escondida por trás da rótula e enchia-se da imagem dele. O moço não a via. Inteirado, porém, dos manejos da escrava, sorria, como se a visse, tirava o chapéu e ia-se embora satisfeito.

Assim se urdia, por artes de Andresa e Eliezer, a conspirata contra o honrado lar do Vilarinho, o perigoso enleio sentimental em que Violante estava a pique de perder o sossego da alma e a estima dos pais. Não que ela se descaminhasse em levianas confidências à cuvilheira, interessada em levar a Fernão Boaventura algumas palavras de esperança. Não. Violante mantinha-se servada. Amar o mameluco? Loucura. Assim pensava ela, ignorando talvez que a dificuldade de se unir ao objeto amado é uma das condições que produzem o amor.

Sem dúvida, era afetuosa e terna, e o seu coração precisava de afeto, pedia ternura e amor. Mas não lhe era possível, no severo ambiente da família, satisfazer essas necessidades de seu coração.

O pai, austero e fechado, só de raro em raro conversava com ela. A madrasta, incapaz de ternura, parecia detestá-la.

Violante congelava-se de aborrecimento. Seus dias juvenis transcorriam arrastados, monótonos, sem verdadeira alegria. Pensar no mameluco era uma distração, tanto mais incitante quanto mais arriscada. Como resistir ao assédio daquele moço atrevido e apaixonado?

## XV

## É PRECISO CASAR A MENINA

Encaramujada num egoísmo de enferma, D. Maria Joaquina passava os dias recolhida aos seus aposentos, pouca atenção prestando ao que sucedia em seu redor. Ainda assim não lhe escapara ao tino de mulher a transformação que se vinha operando no espírito da enteada. Bem que a notava diferente, cismática, distraída. A mulher do Vilarinho nada vira ainda nem ouvira que lhe confirmasse o que suspeitava de estranho. Entretanto, a julgar pelas aparências, já não podia duvidar: o coração de Violante estava enfeitiçado pelo rico mestiço.

D. Maria Joaquina achou pois que lhe cumpria comunicar ao marido os motivos de sua apreensão. Falou-lhe timidamente, como se sussurrasse palavras no confessionário:

— Temo que Violante goste do mameluco... Ela anda desinquieta, como se tivesse uma abelha a zumbir-lhe na cabeça...

O Transmontano empalideceu, sentindo o frio no coração.

— Não é possível! exclamou sobressaltado. Eles não se avistam nunca!

— Houve quem o visse rondando à nossa porta...

— Ah, o filho duma cadela! bramiu o Vilarinho. Aquele perro de mestiço é capaz de tudo!... Raios o partam! Não, nunca! Antes vê-la morta!

D. Maria Joaquina arrependeu-se de ter falado. As cóleras do marido assustavam-na demais.

Andando dum lado para outro, o Trasmontano media o quarto a largas pernadas.

Transcorreram seis, oito, dez minutos de silêncio.

— E preciso casar a menina, disse ele por fim.

— Sim, é preciso casá-la, assentiu a mulher.

— Mas com quem há de ser, santo Deus? Com quem? Violante não é uma moça como as outras. É muito mimada, de coração nobre. Delicada e fina como uma princesa.

D. Maria Joaquina arriscou:

— O Alf. Suzarte, dos auxiliares do Sabará...

O Transmontano deteve-se um momento. Voltou-se para a mulher. Prestou atenção.

— Sim, continuou D. Maria, creio que o alferes esteve rentando a menina na festa do conde...

O fato era que a mulher do Trasmontano já vinha pensando desde dias no possível enlace dos dois. O casamento de Violante com o Alf. Suzarte parecia-lhe a mais acertada das combinações: união de duas criaturas bem nascidas, para o sossego e a felicidade de todos.

Mais tranquilo, o marido olhou para a mulher, como surpreendido de lhe ouvir uma opinião sensata, e redarguiu:

— É verdade... o alferes... Com efeito, o alferes não é de todo mau. Sim, sim... Rapaz garboso e valente. Dizem que não é lá de muito bons costumes... Não sei. Enfim talvez convenha à nossa filha. Vou pensar.

Ficou então combinado que se convidasse o alferes a visitá-los. Veriam depois.

Suzarte, que ainda se achava no Carmo, jantou, um domingo, em casa do Trasmontano. Depois, pelas quintas-feiras, ia lá rezar o terço com a família.

O alferes compreendeu logo o que se queria dele. ótimo arranjo. Na verdade, tudo correria admiravelmente se Violante o tratasse com menos frieza. Por certo os seus modos de tarimbeiro petulante eram pouco apropriados à conquista daquela condessinha louçã, extraviada naquele arraial de mineradores rudes e turbulentos. A moça mostrava-se remissa e distante. Suzarte esperava, entretanto, corrigir-lhe com o correr do tempo os calundus de sinhazinha caprichosa.

— Violante dá-me que pensar, confessou o Transmontano à esposa. Ela não está correspondendo como esperávamos ao nosso projeto de casamento. Na presença do alferes ela se mostra distraída e descontente.

— Será certo então que ela gosta do outro? perguntou D. Maria Joaquina.

— Não digo isso, replicou o marido como se quisesse iludir a si mesmo. É que Violante não esconde, perto do alferes, o desamor que lhe tem.

Vilarinho reconcentrou-se nos seus pensamentos por alguns minutos, depois do que, parecendo tomar uma resolução repentina, disse com império:

— E preciso fazer esse casamento o mais depressa possível!

# XVI

## CAVALHADAS

Chegara o dia dezesseis de julho. Nesse dia realizavam-se no Carmo grandes festividade religiosas profanas em honra da padroeira da Vila. Salvas de arcabusaria e roqueiras anunciaram o alvorecer. As nove horas, missa oficiada a dois coros de música. Depois, procissão. Logo, era esperar pelo melhor da festa: as cavalhadas, em que se imitavam torneios entre Cristãos e Mouros, com o sabor das histórias de Carlos Magno e os doze pares de França, e se recompunha o rapto da Princesa Floripes.

Numa larga praia do ribeirão, construíra-se a praça para as cavalhadas, rodeada de palanques de pau roliço, enfeitados de colchas, bandeirolas e folhagens. As duas da tarde, já todos os lugares estavam tomados pelos moradores da vila e pela muita gente que viera dos arredores convidada pela fama dos festejos. O Governador, que presidia às justas figurando o Imperador Carlos Magno, com seus doze pares de França, ocupava o palanque principal, ornamentado com especial aparato, como convinha à pessoa de tão grande senhor. No lado oposto, erguia-se o palácio do Almirante Balão, encarnado na pessoa de José Gomes Vilarinho. Violante era a bela Floripes, destinada a ser raptada por um paladino cristão.

Antes de terem início os torneios, o secretário do governo recitou uma ode heroico-festiva, de sua lavra, composta em homenagem ao excelentíssimo conde governador. Os versos exaltavam, em estilo gongórico, a política do Capitão-general D. Pedro de Almeida, pondo em ridículo os seus inimigos, narravam com bom humor os sucessos do dia e faziam alusões mal veladas a pessoas do Carmo e da vizinha Vila Rica, que conspiravam contra o governo, e entre as pessoas aludidas, mas não nomeadas, achava-se o mestre de campo, Pascoal da Silva, ali presente e que se fingia leal amigo do Governador. Terminado o recitativo, debaixo de aplausos, o secretário ordenou com ênfase:

Toquem as charamelas!

Os charameleiros negros atacaram com brio uma marcha cacofônica. Trombetas, cornetins, flautas de taquara, gaitas, sambucas, violas, adufes, tambores e reco-recos tomavam parte na algaravia musical produzindo o maior barulho que podiam.

As cavalhadas começavam pelo jogo das canas, exercício cavalheiresco em que se usava adargas e lanças sem ponta, de pau frágil, que nos embates se partiam facilmente. Dezesseis cavaleiros, entre Cristãos e Mouros, vestidos os primeiros de azul e os outros de vermelho, formavam as quadrilhas que participavam do combate simulado. Entravam às duas de cada vez, a um sinal de lenço dos padrinhos. Depois de correrem em parelhas encontradas, os cavalheiros divertiam-se á brandir as espadas, caracoleando e fazendo caprichosas evoluções com as suas montarias vistosamente ajaezadas. Agrupados.depois em dois bandos, um em cada metade da praça, frente a frente, tomavam as canas e disparavam a galope atirando-as ao ar um para o outro. Faziam a volta da arena e retomavam seus lugares. Ao passar o bando que galopava pelo outro, este carregava a rédea solta e atirava as canas, que se deviam esquivar sempre com a adarga.

Fernão Boaventura, que tomava parte na festa com as cores dos cavaleiros cristãos, salientava-se entre todos pelo garbo com que montava e incomparável destreza nos jogos. Suzarte, do bando mouro, danava-se de inveja. Deu-se o caso que, passando ele pelo mameluco a galope, ao invés de atirar a lança ao ar, bateu-lhe com ela na cabeça, com visível intenção de o machucar. "Aquele cachorro me paga!" disse consigo o mameluco. Ato contínuo, desembestou atrás do atrevido, emparelhando-se num átomo com ele. Antes que o alferes pudesse sofrear o seu cavalo, Boaventura agarrou-o destramente por uma perna e fê-lo tombar na arena em malíssima postura. O regozijo do público foi além de todo limite. Eram vaias, alaridos, gritos de aplausos e de mofa. "Bem-feito!" diziam muitos: "O outro burlou as regras do jogo". Corrido de vergonha e meio contundido, Suzarte foi carregado para fora da praça debaixo dos apupos do povoléu. Não contente com a façanha, Boaventura deu rédeas ao Corisco e correu no encalce do espantado cavalo do Alf. Suzarte. Tendo-o alcançado, deitou-lhe mão crineira e saltou rápido sobre ele, com uma agilidade de índio cavaleiro. A assistência fremiu de entusiasmo. Agora era o animado jogo da pampolinha. Armados de lanças, os cavaleiros avançam a galope procurando tirar a argolinha dourada pendente do alto de um arco. Os mais peritos ou venturosos que a logram tirar correm logo a oferecê-la, na ponta da lança, a algum dos assistentes, que fica na obrigação de retribuir a gentileza com um presente. Negar, seria ofender o herói e escandalizar o público.

Boaventura conseguiu tirar a argolinha logo da primeira arrancada. Sem deter o Corisco, fez uma volta completa pela arena e foi esbarrá-lo diante do palanque em que se achava Violante com o pai e a madrasta. Tirou o capacete e estendeu a lança, oferecendo à moça o objeto da sua proeza. A multidão aplaudia com calor a façanha do rapaz. Violante, ruborizada; o coração aos pulos, olhou para o pai, que estava quase a estourar de raiva, olhou para a pálida D. Maria Joaquina e não teve hesitação: colocou na extremidade da lança vencedora o seu lencinho de cambraia. Fernão, feita uma larga vênia, picou o Corisco e saiu do picadeiro impando de alegria e orgulho.

Dava remate às cavalhadas o rapto da Princesa Floripes. Simulado um breve recontro entre os soldados do Almirante Balão e os paladinos de Carlos Magno, invadiam estes o alcácer do infiel e traziam de lá a peregrina donzela que achara graça aos olhos dum bravo par de França.

Maior e mais insuportável vexame estava reservado ao Transmontano. Entre os que escalaram o palanque do mouro para as obras do rapto, foi Boaventura o mais afoito. Em dois tempos, saltou ele a cerca, grimpou num pulo os degraus do estrado e foi cair aos pés de Violante. Antes que o Trasmontano tivesse tempo de obstá-lo no seu propósito, levantou a moça nos braços e abalou com ela pela arena a dentro, correndo o mais que podia. As ovações dos espectadores cobriam os gritos roucos do enfuriado almirante. D. Maria Joaquina, certa de que aquele atrevidão insultador tinha parte com o diabo, desmaiou nos braços das mucamas que a rodeavam.

Quando se viu arrebatada abruptamente pelo audaz mestiço, Violante ficou sufocada de indignação e vergonha. "Larga-me, bruto!", gritou ela, forcejando por se livrar das garras daquele homem de presa. Boaventura apertava-a com força ao peito, entre os seus braços poderosos, aspirando nas narinas dilatadas o alento da virgem cobiçada. Enquanto se escapava com ela, ia implorando:

— Ensine-me um meio de poder falar-lhe, Violante. Para vê-la sou capaz de todas as loucuras!

Boaventura depositou-a no palanque do Governador. A moça tremia toda e tinha vontade de chorar. O incrível atrevimento, a audácia intrépida do mameluco, causavam-lhe terror, assombro e admiração.

## XVII

## MINHA OU DE NINGUÉM

Algumas semanas depois da festa da Padroeira, Boaventura foi ter com Frei Tiburciano de São José. Encontrou-o no adro da Igreja do Carmo estudando um sermão. Mãos cruzadas atrás das costas, olhos fitos no solo, o frade capucho passeia para cá e para lá, escandindo com o passo as frases que lhe brotam da mente. A intervalos regulares, para um momento, ergue os braços para o alto e, com voz robusta, ampla, redonda, deblatera contra imaginários pecadores, ameaçando-os com a hora terrível do Juízo Final e os tormentos medonhos do inferno. Saem-lhe da garganta imprecações, objurgatórias e maldições. Depois, faz uma breve pausa. Parece notar com satisfação que o pavor já se estampa no rosto dos alarmados ouvintes. Hábil estrategista da tribuna, opera então súbita mudança de frente na sua oratória. Seu rosto se descongestiona, os olhinhos se lhe umedecem, a voz assume inflexões de grande doçura. A palavra do bom frade é agora toda amor, misericórdia e perdão.

Boaventura chegou-se junto dele, meio enleado, e disse:

— Padrinho, tenho um segredo que lhe quero confiar...

— Segredo de confissão? Tem paciência, meu filho, procuras-me outra hora. Se o pecado é grande, como são todos os teus pecados, agora não tenho tempo de te ouvir... Em todo o caso, podes contar desde já com a minha absolvição. Por isso dizem que sou de manga larga...

— Eu sei, mas não se trata de confissão. Quero fazer um pedido. Preciso que o padrinho me ajude...

— Fala. Que é?

— Gosto de uma moça... Queria que o meu padrinho a pedisse...

— Em casamento?

— Sim, em casamento...

— Em casamento! Estás certo que é mesmo disso que se trata? Olha que o matrimônio é coisa muito séria! Quem é a moça?

Boaventura hesitou um momento. Logo, resoluto:

— A filha do Trasmontano...

Frei Tiburciano encavalgou as lentes no nariz carnudo e, tendo considerado com espanto o seu afilhado, exclamou:

— Valha-me Deus! Estás louco, cada vez mais louco! Logo Violante... a mais prendada, a mais rica, a mais altiva das moças do Carmo. Ignoras acaso que Violante é filha do teu mais mortal inimigo? Mesmo que o não fosse, o Transmontano jamais consentiria em semelhante união. Vai com Deus, meu filho, e daqui por diante não busques o figo na ameixeira...

— Ora, essa! Julga-me assim tão desprezível? Sou moço, rico, poderoso.. Ah, já sei! Quer dizer que é porque sou mestiço...

O frade bateu na desmemoriada testa:

— Agora me lembro... Toda esta conversa é inútil... Sim, uma vez que Violante já tem noivo...

— Noivo?

— Mas, em que mundo vives? O casamento de Violante já foi decidido pelo pai, com o apoio da madrasta. Vai casar com o Alf. Suzarte, do Sabará. O alferes, seja dito a bem da verdade, não merece aquela criatura tão cheia de perfeições. E um grandíssimo maroto, de quem se contam histórias nada exemplares.

—Já ouvi contar algumas... Histórias bem escabrosas, quase todas.

Escabrosíssimas. Sabes da sua última proeza, em Vila Nova da Rainha?... Não? Pois escuta. Há coisa de pouco tempo, indo lá o brejeiro do alferes em diligência, ficou ele hospedado na casa de certo negociante baiano que vivia de cama e pucarinho com uma rapariga de má vida. Provavelmente a rapariga bonita... Não sei... Bonita ou não, o fato é que o alferes dela se agradou e imediatamente se decidiu a raptá-la, contra as leis de Deus e os deveres da hospitalidade. Tramada a fuga, o fementido anoiteceu mas não amanheceu no lugar da traição. Ora, violar a fé da concubina é, para estas gentes, o mesmo que cometer crime de adultério...

— É, caso de morte, disse o moço.

— É caso de morte, publicamente executada, tornou Frei Tiburciano. Pena bárbara, lavrada e aplicada pelo próprio ofendido, se é que este não prefere surrar solenemente o culpado *coram populo*...

— Bem, que aconteceu ao alferes?

— Aconteceu o que tinha de acontecer... isto é, não aconteceu nada. O mercador baiano rabiou-se em vão, O alferes passou-se à Vila Real do Sabará onde os homens do seu terço o punham a resguardo de qualquer desafronta. Por isso dizia eu que o alferes não merece a filha do Trasmontano. É tão libertino o rapaz, que até não tem vergonha de se poluir com escravas negras. Mulheres como as outras, bem sei. Mas a decência reprova.

— Não, o alferes não a merece...

— Claro que não. E tu muito menos.

— Padrinho está brincando...

— Não tanto como te parece. Queres saber? Violante é um anjo, não há dúvida. Nela, as graças do corpo andam à porfia com as da alma. Mas com quem se havia de casar a boa criatura, a não ser com um alferes de auxiliares ou um capitão das ordenanças? Seria difícil arranjar-lhe melhor partido aqui no Carmo.

— Violante não gosta dele, não pode gostar.

— Acredito, porém não a julgo capaz de desobedecer aos seus. Casará, e talvez seja feliz, como lhe desejo de todo o coração.
— Não é possível!
— Possibilíssimo. Os esponsais estão marcados para breve.

Boaventura permaneceu algum tempo sem dizer palavra, cabisbaixo, o semblante carregado. Pedir a filha do Trasmontano em casamento! Como pudera pensar em tal despropósito! Após um momento de matutação, ergueu de golpe o olhar para o seu padrinho e exclamou num tom peremptório:
— Violante será minha, ou de ninguém!

## XVIII

## A FUGA

Sentadas em tamboretes de couro guarnecidos de almofadões de lã, D. Maria Joaquina e Violante estão entretidas a coser e a bordar, o rancho das criadas em derredor. A um canto da saleta, vê-se uma grande arca de jacarandá. Pende duma parede pequeno nicho de pau, habitado por uma imagem de Nossa Senhora do Carmo e um pote de manjericão.

Os minutos correm em sonolento sossego. De instante a instante, Violante se levanta e vai remexer nas gavetinhas dum contador de ébano marchetado de marfim, e torna a sentar-se em silêncio. Seus olhos repousados, atentos ao trabalho das mãos, olham alguma coisa que lhe não sai do pensamento. A sombra da noite aproxima-se manso e manso e devora a tarde. A lua ilumina tenuemente a diminuta saleta.

D. Maria Joaquina está cada vez mais pálida; seu corpo é flácido; suas mãos são transparentes. Ordena, em voz fatigada:

— Andresa, vai preparar as candeias; é hora de acender.

A clarinada dos galos, repercutindo através da vila silenciosa, põe uma nota heroica, metálica, na melancolia do crepúsculo.

Batem com força à porta da rua. Chega até a saleta o confuso rumor de vozes precipitadas. Um cão ladra fora, furiosamente.

— Jesus! Que será? murmura aflita D. Maria Joaquina. Vai ver o que é, Andresa.

A criada saiu a ver o que se passava. Entreabriu uma janela, a medo. Gritaram-lhe da rua:

— O patrão foi atacado no caminho da Vila Rica e está perigo de vida! Vamos todos socorrê-lo!

Pela frente do solar ia grande rebuliço de gente armada, aprestos de saída. Não ficava homem válido na casa do Vilarinho Todos acudiam ao rebate. Pouco tempo depois, só se ouvia o brocotó cadenciado dos cavalos a perder-se na distância.

D. Maria Joaquina desfalecera. Enquanto as criadas seguravam no colo a senhora, que desmaiara, Violante aplicava-lhe palmadinhas nas faces e nas mãos; uma das mucamas correu dentro a buscar vinagre e água de melissa.

Transcorreram cinco, dez, quinze minutos de aflição e susto. D. Maria Joaquina recobra os sentidos e suspira: "Valha-me Deus!" A pêndula da sala de jantar range sete vezes nas suas ferragens e faz soar sete pancadas roufenhas, ofegantes.

Outra vez batem à porta da rua: pam, pam... Um minuto de silêncio. D. Maria olha para Violante; Violante olha para Andresa, e diz:

—Vai ver...

A rapariga chegou até a porta, pé ante pé, e levantou a tranqueta, de mansinho. Antes que ela se animasse a abrir, alguém fez força com o ombro e entrou silencioso e rápido como uma sombra. Um "ui!" assustado escapou-se da boca de Andresa.

— Não tenhas medo, diz-lhe Boaventura reconhecendo-a. Não sou nenhuma mula-sem-cabeça. Vai dizer a Violante que eu estou aqui. Anda!...

E acompanhou a sarapantada mulata até o corredor que dava para a saleta das senhoras. Violante aparecia à porta, Vinha ver..

— O senhor aqui!? murmurou, trêmula de assombro.

— Eu, sim. Não lhe disse — lembra-se? — que para ver vosmecê era capaz de tudo?

Uma ideia angustiosa atravessou o espírito da moça. Sim, aquele atrevidão era capaz de todos os desatinos. A audácia dum homem não podia ir mais longe.

— Compreendo..., disse ela, a voz alterada por um tremor convulso. Foi o senhor quem agrediu meu pai no caminho da Vila Rica. Armou-lhe uma cilada... matou-o talvez... Ah, meu Deus!

— Não houve agressão, respondeu calmo o mameluco fitando-a nos olhos. Fique sossegada. Seu pai não corre o menor perigo. Foi tudo rebate falso.

— Como? Rebate falso?

— Já explico. Eu desesperava de poder falar-lhe, Violante. Avistá-la era impossível. Como chegar até a sua presença? Só mesmo na ausência de seu pai. Chegou esse momento, talvez único... Era preciso aproveitá-lo. Ou hoje, ou nunca! Seu pai estava fora, é verdade; mas aqui ainda ficava gente capaz de me embargar o passo. Convinha afastar essa gente, para evitar uma luta sangrenta. O rebate falso, dado por um homem subornado por mim...

— Mas foi uma traição! exclamou D. Maria Joaquina aproximando-se. Assim ficamos ao desamparo as mulheres desta casa! Ficamos sem defesa, à mercê dum covarde!

— Não receiem que eu me desmande. Respeito-as... e respeito Violante como se respeita a hóstia consagrada.

— Diga então o que quer? falou D. Maria Joaquina fazendo das fraquezas força.

— Gosto de Violante, disse o moço, e não posso viver sem ela. Quero que seja minha mulher.

Violante pousava os olhos no chão e Boaventura os olhos nela, suplicantes e imperiosos ao mesmo tempo.

— Vou-me embora do Carmo, continuou Boaventura. Quer seguir-me, Violante? Quer ser minha mulher?

Violante ergueu a cabeça devagar, encarou o moço um momento e, como magnetizada, ficou a encará-lo fixamente, sem fazer o menor gesto, sem mover os lábios, sem sequer pestanejar.

— Venha comigo, Violante, tornou a dizer o mameluco. Venha...

Violante, que se achava de pé desde que entrara o mameluco, deu dois passos para ele.

Uma força obscura, magnética, a impelia. Aquele homem intrépido dominava naquele momento a sua vontade, vencendo os seus instintivos terrores. Amava, talvez. Amava e sacrificava tudo a um veemente impulso de amor. Amava e sacrificava-se pelo seu amor, todas as outras coisas lhe parecendo agora sem preço.

— Como Violante?... Vais fugir com este homem?! exclamou D. Maria Joaquina, terrivelmente abalada com o que se passava.

O procedimento da enteada parecia-lhe o último dos desatinos. Decerto gostava do mestiço, como de há muito vinha suspeitando. Mas como pudera esse amor indigno crescer num coração tão puro?

— Como podes abandonar os teus, assim sem mais nem menos? Tens alguma mágoa? És infeliz nesta casa?

E Violante:

— Não devo eu, mais dia menos dia, ir viver sob a proteção de algum homem?

— Sim, mas dum homem que te mereça...

— E porventura o merece o Alf. Suzarte? Conheço mal este moço, é verdade; porém não conheço melhor o homem que me querem dar como marido.

O mameluco acercou-se da moça e, pegando-lhe nas mãos com arrebatamento, disse:

— Vem, Violante, vem! Está tudo pronto. Fujamos.

## XIX

## NO CAMINHO DO PITANGUI

Boaventura foi pousar com seus homens oito léguas além da Vila do Carmo, à beira dum regato que corria entre colinas de suave ondulação. A dedicada Andresa seguira Violante, fiel ao destino da patroa, fosse qual fosse. Enorme fogueira iluminava o acampamento. Sombras desmesuradas de homens e animais moviam-se no denso silêncio da noite.

— Quer que leve a moça para a sua tenda? perguntou Chicão ao amo.
— Não! retorquiu este. Enquanto Violante não for minha mulher diante de Deus, eu não me deitarei com ela. Essa moça é sagrada para mim.

A madrugada não tardou. Manhã luminosa, radiante; ar puríssimo, translúcido. Um córrego de águas límpidas coleia em amplas curvas sobre um leito de pedras, procura vertentes, contorna barrancos, rodeia morros, cascateia em declives e pendentes. Colinas de contornos lisos e redondos ostentam maravilhosos mantos de capim em flor. O gordural refulge ao sol em tons lilases, roxos, purpúreos, violáceos. Gotas de orvalho faíscam como pedrarias. Revoluteiam juritis aos bandos. Ouve-se o tatalar seco e rápido duma perdiz que sai duma moita e se esconde na campina.

Após o ligeiro repouso, era preciso prosseguir na caminhada. Boaventura e Chicão montaram e saíram para explorar a redondeza. Longe, por trás dum matagal, vislumbraram uma nuvenzinha de fumaça que subia em volutas cinzentas e se defluía pouco a pouco no ar, misturando-se à neblina branca.

Andaram e andaram.

Metidos no córrego até os joelhos, dois negros quase nus remexem o cascalho que se acumula num pequeno dique construído de estacas e ramos secos. Mais adiante, um homem branco, cabeludo, a pele enegrecida pelo sol, lava as areias agitando a bateria em movimentos rotatórios, cortados de sacudidelas bruscas. Mais adiante, um pouco afastado da beira do regato, outro homem branco, cabeludo, açafroado, está sentado num cupim, o cachimbo pendente dos beiços, o olhar absorto e distante. Faz um gesto de inutilidade com a cabeça. Puxa uma fumaça e torna a batear.

Boaventura e Chicão apeiam e dirigem-se para ele. O homem levanta-se do cupim e vem-lhes ao encontro. Tem a barba enorme, o cabelo enorme, as vestes em farrapos, botas de cano alto rotas e enlameadas. O outro homem branco e os dois negros interrompem o trabalho e vão-se acercando também, para a conversa. Saúdam-se. Palestram um momento. Os caçadores de ouro estão esmorecidos. Havia já coisa de dois meses que exploravam aquele córrego, de cima a baixo, sem o menor proveito.

— Este corguinho, diz um deles mansamente desesperado, este corguinho é mais pobre que a mãe de São Pedro.

Todos se calaram um instante, só se ouvindo o glu-glu do ribeiro, que lá se ia alegremente sobre seu leito de pedras murmurando uma canção sem fim: a canção da pobreza feliz e descuidosa.

— O serviço de mineração é duro, prossegue o faiscador. O trabalho tem de ser feito na estação da seca. O tempo aperta. Uma chuva mais forte, e o riacho logo enche, a barragem é carregada, todos os trabalhos ficam perdidos. Mal dá tempo de salvar as ferramentas. Uma cheia basta para destruir em poucas horas o trabalho de vários meses. Verdade é que, havendo ouro, a gente pode enriquecer duma hora para outra com uma bateada de pintas ricas. Mas aqui?... aqui não se acha nem ogó!

Calou-se. Daí a um instante, tornou a dizer, movendo a cabeça: — Nada. Nem ogó. Raio de vida!

E embrenhou-se de novo nas suas matutações.

O outro disse:

— Tínhamos cinco negros. Só nos restam dois. Um fugiu; outro morreu dumas febres malinas; o outro, finalmente, tendo-se aventurado sozinho na espessura da mata, foi comido por uma onça...

— Onça não me ataca, atalhou o Chicão. Quando matei a primeira, num capão cerrado, comi o coração e bebi o sangue dela. É bom para fechar o corpo, sabe?

— Ouço dizer.

— Matei depois muitas outras. Matei o jaguaretê de que o próprio índio tem medo. Matei a onça preta...

— A jaguarana...

— Essa mesma. Matei na toca outra mais feroz, o canguçu, de malhas miúdas. Matei suçuaranas, uma que tem o fio do lombo ruivo, como o veado. E matei também jaguatiricas, pequeninas e rajadas. Sem falar em maracajás e gatos do campo. Ora pois, o bicho carniceiro nunca me fez mal; parece mesmo que tem medo de mim.

Boaventura disse aos faiscadores que muitos paulistas, andando à caça do gentio nos matos de Cuiabá, tinham encontrado naquelas bandas fartos mananciais de ouro e país abundante em toda sorte de riquezas, pelo que se haviam estabelecido por lá, sendo já grande a concorrência de aventureiros.

— Há tanta fartura de ouro, que a gente usa dele nas espingardas para poupar chumbo.

Ao que o Chicão, estendendo o braço para o poente, acrescentou:

— Acolá, quem não morre numa semana, fica rico num mês...

Os mineradores encheram-se de novas esperanças. Quem sabe não achariam naquelas terras o ouro que não tinham achado ali? Assim alentados, pediram e obtiveram permissão para seguirem na comitiva de Boaventura até o Pitangui, donde tomariam rumo para as paragens bravias do Cuiabá.

Chicão aconselhou:

—Acho bom levar mais negros. Há muita onça e muito bugre por aquelas corobocas, sem falar nas carneiradas. E o bugre é como a onça: gosta muito da carne do negro; e é mais traiçoeiro.

Um dos faiscadores disse:

— Vamos ver se compramos uns poucos negros no Pitangui. Quando chegarmos ao Cuiabá completaremos a nossa bandeira com algumas peças de gentio da terra. Índio é coisa que não falta por lá.

Após um almoço frugal, punha-se em marcha a caravana. Movia-se lentamente, lutando com os acidentes do caminho. Parava de instante a instante, enquanto se buscava a picada perdida no matagal. Depois tornava a andar, sob um sol esplêndido.

Violante e Andresa, montadas em suas mulas, sobre andilhas, iam acompanhadas dum escravo a pé, que ora fustigava os animais com uma vara de três-folhas, ora via-se obrigado a puxá-los pelo rabo para lhes retardar o chouto.

## XX

## NA COLA DOS FUGITIVOS

Clamando em altas vozes pelas ruas da Vila do carmo, o Trasmontano dava a conhecer o desespero e a amargura que lhe iam no coração. "Hei de matá-lo!" rugia por toda parte como uma onça que vagueia pelo mato enfurecida por lhe terem roubado os seus filhotes. "Hei de matá-lo como a um cão danado, ou não há Deus no céu e justiça na terra".

Matá-lo ainda lhe parecia pouco. Por que não tinha o perro do mestiço mil vidas, para castigá-lo com mil mortes?

Ruminando a sua dor, armou um bando de valentes e lá se foi com eles nas pegadas do roubador de Violante. Contava encontrar os fugitivos ainda no caminho do Pitangui, embora lhe Ievassem dois dias de avanço.

Colheu-os porém violento aguaceiro em meio da jornada. Os rios, com a repentina cheia, não davam passagem a vau. Foi preciso esperar a vasante um dia inteiro.

Entrando no Pitangui algumas horas depois da chegada dos fugitivos, logo soube o Trasmontano que a sua filha tinha sido levada para a casa duma família paulista das relações do mameluco.

Igualmente o informaram de que, semanas atrás, estalara na vila um motim de graves proporções. O caso era que o juiz dali, por ter declarado em estanco o comércio de aguardente de cana, fora expulso pelo povo em tumulto, com ameaça de morte caso teimasse em permanecer no lugar. Truculento caudilho paulista chefiava o movimento.

Ciente do ocorrido, o Governador fizera seguir para lá o ouvidor da comarca do Rio das Velhas com uma pequena tropa de dragões. Inteirados, porém, das verdadeiras proporções do levante, o ouvidor e o comandante dos dragões acharam de bom aviso tornar ao Carmo a reclamar forças maiores.

Entrementes, sabendo que seriam atacados, o chefe do motim e seus sequazes tinham ido colocar-se sobre armas duas léguas adiante da vila, em lugar que lhe parecia de fácil defensão.

O Trasmontano bateu logo para a casa em que se refugiara Violante, cujo dono era um velho taubateano, conterrâneo do pai de Fernão Boaventura e velho companheiro seu de entrada nas Minas. Era este o Capitão Juca da Fazenda, como o apelidavam, homem de grande suposição e um dos primeiros entre os daquela vila.

— A moça, explicou ele ao Trasmontano, fica muito bem guardada em nossa casa. Pode ficar sossegado, que não lhe acontecerá nenhum mal. Esta casa é de respeito, e minha mulher e minhas filhas tomam conta dela.

— Agradeço, respondeu de má sombra o Vilarinho. Violante tem de se ir embora comigo agora mesmo. Violante só estará segura na minha companhia. É favor chamá-la.

Boaventura, entrando pela sala dentro, encarou o Trasmontano e fixou nele um olhar calmo de desafio.

— Violante é minha, disse ele, minha! e vai casar comigo. Nem o diabo o impedirá!

Alto, seco, o rosto citrino, os olhos raiados de sangue, José Gomes Vilarinho aspirou o ar com força, como se lhe faltasse o alento. Retezando-se, vociferou:

— Sai lá fora, monstro! Vem cá para fora, lobo entre os homens, que te quero beber o sangue!

E verteu a sua ira numa quirial de injúrias atrozes.

— Tempere a língua, meu sogro, disse Boaventura sem se alterar, chanceando. Modere a linguagem, se não quer que lhe falte com o respeito...

No paroxismo da cólera, o Trasmontano puxou de uma enorme pistola e caminhou para o moço.

Juca da Fazenda interpôs-se:

— Não se desgracem na minha casa. Tenham calma.

E, conduzindo o pai de Violante até a porta:

— Venha outra hora falar com sua filha. Tudo se arranjará em paz...

— Hei de levá-la, por bem ou por mal!

O Vilarinho saiu com a alma atravessada na garganta. Que fazer: Solicitar a intervenção da justiça, para forçar a entrega da donzela e agir contra o seu raptor? Impossível, naquele momento. Em consequência dos recentes sucessos, o juizado ordinário da vila estava acéfalo. Quem o atenderia então no seu jus de pai?

O Trasmontano foi aconselhar-se com o escrivão da Câmara acerca do que convinha fazer.

— É preciso proceder com cautela, fez-lhe ver o escriba.

Todo aquele começo de ano, comentou, a vila tinha andado em grande alvoroto. Urdiam-se intrigas e moviam-se tumultos, nascidos principalmente da má repartição dos terrenos minerais. As autoridades não tinham força para compor as coisas e, por desgraça, o povo ainda não estava habituado a respeitar a justiça, então nascente.

O escrivão ficou silencioso um momento. Em seguida, considerou:

— Quer saber? A situação da justiça aqui é pouco segura. O povo por qualquer coisa se desmancha, açulado pelos régulos paulistas...

E, voltando ao caso do Vilarinho:

Que lhe dizia eu? Ah, sim... dizia que é preciso proceder com cautela no meio destas gentes barulhentas e transtornadas.

Convém que a sua filha fique na casa em que está, até ver...

O pai de Violante arrepelou as barbas, contrariadíssimo.

Mas assim, exclamou, assim minha filha é capaz de se unir ao ladrão do mestiço!

65

Não se apoquente por esse lado. Nenhum padre fará o casamento, que não consente a lei. O poder paterno será respeitado.

Despedindo-se do Vilarinho, sorriu e sentenciou de modo pouco consolador para um agoniado coração de pai:

— Às mulheres não vale fechá-las a sete chaves em caixas de ferro. Quando uma mulher forma um desígnio, não há marido, nem amante, nem pai, nem tutor, não há nada que lhe possa impedir a execução.

## XXI

## CONTRA OS AMOTINADOS

Pedro de Almeida recebeu em Palácio o ouvidor do Rio das Velhas e o comandante da tropa de dragões assistente no Ribeirão do Carmo. Com eles acertaria no que cumpria fazer contra os sublevados do Pitangui. Tomava parte no colóquio o Alf. Suzarte, que também ali acudira a chamado do conde governador.

Dizia D. Pedro:

— Fiz levantar no Sabará e no Caeté mais de cem homens bem armados e municiados. Já estão todos prontos para seguir com a tropa de dragões.

O ouvidor ponderou:

— Sem esse reforço não nos seria possível dominar a situação e aquietar os ânimos. Os motineiros contam para cima de mil homens de a pé e a cavalo...

— Mil homens? atalhou o governador. Hum! Se me permite, acho muito exagerado...

Contam, contam. Saiba o Sr. Conde de Assumar que os cabecilhas andam em tropel pelas fazendas levando a maior parte da gente por força.

— O número pouco importa, disse o Alf. Suzarte. Os paulistas são bravios e valentes mas não conhecem a arte de fazer a guerra.

— Use de toda energia, recomendou o conde ao ouvidor. Abra rigorosa devassa e pronuncie-me os cabeças. E preciso cortar os membros podres para que os herpes da rebelião não passem aos demais. E não se esqueça de recrutar para o exército real todos os rapazes válidos comprometidos no levante.

— Excelente medida, apoiou o Alf. Suzarte, que via nisso um bom meio de se vingar do audaz raptador de sua noiva, estivesse ele ou não implicado no motim.

O capitão-general passeou pensativo pela sala. Parou diante do dossel e fixou a vista no retrato do soberano, perto do qual se viam as armas da vila. Consistiam estas num escudo com o Monte do Carmo, tendo no horizonte uma cruz e três estrelas de prata em ângulo invertido, e por cima a coroa mural.

Logo depois, voltando-se para os interlocutores, disse:

— As minhas diligências para reduzir estes povos meio brutos meio humanos a bom caminho tornam-se dia a dia mais difíceis. Os régulos movem-me uma guerra de morte. Como se vêm com maior poder, que é o que lhes dá o ouro, promovem estrondos, excitam bulhas, alardeiam insolências.

— Dissera-se, acudiu o ouvidor, que é virtude do ouro tornar alvorotados os ânimos dos que habitam as terras onde ele se produz.

— Muito bem dito, aprovou o conde. A terra, aqui, parece que evapora tumultos, exala desordens e inclina a desaforos. Trama-se por toda parte contra o meu governo. Conspira-se no São Francisco, no Sabarabuçu e no Caeté. Em Pitangui é o que se vê. Respira-se felonia, a traição espreita-nos em cada canto. Os negros fugidos enchem de sobressalto fazendas e povoações, armam quilombos, depredam estabelecimentos, assaltam viandantes. Os maiores inimigos da ordem, que eu intento implantar aqui, são os caudilhos e potentados. Esses ardem por me expulsar destas Minas.

— Os potentados votam ódio ao poder central, disse o ouvidor.

— E por quê? tornou o conde. Simplesmente porque não lhes consente os desmandos. Aí está. O poder do rei não é, nunca foi opressor. Ao contrário, é o defensor, o protetor dos vassalos contra as violências e usurpações dos caudilhos. O rei representa o interesse de todos contra os apetites de alguns. Sim, sim, o povo é oprimido quando o governo é fraco. Só um governo forte pode garantir a atividade pacífica de todos e de cada um dos indivíduos.

Servir ao rei é ser útil à república.

— Assim o não entendem estas gentes, que se recusam a pagar-lhe os direitos do ouro.

— O quinto é justo...

— Claro que é. O domínio das minas pertence à Coroa. Mas a Coroa abriu mão deste direito no Brasil, reservando-se apenas uma quinta parte de todo o ouro extraído. Dando-as gratuitamente aos mineiros, justo é que eles, como sócios de indústria, lhe paguem um tributo. Este tributo é o quinto, que se tira para os gastos da coisa pública. A questão reduz-se ao modo como se deve fazer a cobrança.

— O senhor conde tem razão, disse o ouvidor. Esse tributo tornou-se odioso unicamente por se não achar uma forma regular de cobrança.

— E também, acudiu o conde, e principalmente porque os frades e os potentados têm interesse em fazê-lo passar por vexatório e arbitrário. Por isso agora arde Troia.

## XXII

## ADEUS, VIOLANTE!

Andresa e as filhas do Capitão Juca da Fazenda conversavam no quarto de Violante, junto duma janela que dava para o quintal da casa. Violante convalescia rapidamente dumas febres que a tinham prostrado na cama durante dilatados dias. A fuga inconsiderada, a impossível união com o homem que amava, o desespero e a cólera do pai, os sobressaltos e as fadigas da viagem, tudo lhe abalara fundamente a alma e o corpo. Cedendo a um impulso inexplicável do seu coração e esquecendo o respeito que devia a si mesma, não suspeitara do horrível beco sem saída em que se metia. Sua razão logo se horrorizara da loucura que havia cometido. Nos primeiros dias que sucederam à fuga, a sua alma cândida se abandonara ao mais completo remorso. Estava perdida aos olhos de todos, desonrada para sempre. Já agora, porém, não se arrependia. O sacrifício fora feito. Era impossível recuar. Refugiava-se no seu amor.

Violante respirava suavemente o ar fresco da noite e olhava a lua muito pequenina a esconder-se por trás das árvores muito grandes. Sumida no delicioso quebranto, no flácido bem-estar físico que traz a convalescença, sentia-se naquele momento mansamente feliz. A conversa repousada das mulheres chegava aos seus ouvidos como um eco amortecido do mundo dos vivos, comunicando-lhe a doce voluptuosidade de se sentir também viver.

Pesa sobre ela a ameaça dum enorme sacrifício. Seu pai jurara a si mesmo encerrá-la num convento da Bahia. Sem embargo, Violante está tranquila. Espera.

Boaventura fora-se colocar com seus homens ao lado dos paulistas amotinados. Por suas tropelias, já lhe não era permitido morar no Carmo, nem em Vila Rica, nem onde quer que estivesse vigilante a justiça do Governador. Daí o interesse que também tinha em vê-la pelas costas na Vila do Pitangui.

O Capitão Juca da Fazenda entrou acabrunhado trazendo notícias dos acontecimentos. Más notícias. Os homens do governo haviam dado sobre revoltosos fazendo neles grande destroço. Bem fizera ele em não se haver metido naquela aventura. Não era só prudência o que o aconselhava a não entrar nos motins dos paulistas. Era também gratidão para com o Governador, que lhe obtivera de El-Rei a cobiçada patente de capitão das ordenanças da Vila do Pitangui. As ordenanças, tropa de terceira linha criada por D' João IV, formavam-se com elementos de cada lugar e tinham por fim guardar as respectivas praças. Gozavam dos privilégios e imunidades do exército regular. A maior ambição dum paulistano rico era poder alcançar do soberano português uma carta patente de oficial de ordenanças, prova decisiva de consideração pessoal e de fidelidade à Coroa.

Naquela emergência, Juca da Fazenda não pudera colocar-se, com seus escravos e homens dependentes, ao serviço da autoridade agredida, em razão da sua idade avançada e do defluxo hepático que desde muito o afligia.

— O combate foi rijo, disse o capitão, e grande a mortandade de parte a parte. Cedendo à força das armas, os revoltosos foram obrigados a fugir. Lá vão todos em debandada para o sul. O ouvidor acaba de tomar conta da vila e vai abrir devassa para a punição dos cabeças. Ouço dizer que vão ser recrutados para o exército de El-Rei todos os moços encontrados de armas nas mãos. Os primeiros nascidos nas Minas! Sim, os primeiros... É o que mais dói em tudo isto.

As mulheres ficaram mergulhadas em dolorosa perplexidade.

— E Fernão? perguntou Violante com o coração agoniado.

Juca da Fazenda, que nada sabia dele, procurou consolar a moça como pôde. Depois continuou a referir o que vira e ouvira na vila. O principal cabeça do motim fora pronunciado. Como não pudesse agarrá-lo, o ouvidor mandara levantar uma forca no largo da matriz e nela fizera executar um boneco figurando o chefe dos insurretos.

Ouviu-se o galope dum cavaleiro que se aproximava e se detinha à porta. Alguém lançava-se pela casa dentro com precipitação. Alguém chamava por Violante com voz esbaforida.

— Quem me chama? murmurou a moça, sobressaltada.
— Que é? Quem é? exclamaram todos.
— Sou eu, respondeu Boaventura entrando a bufo de gato. Sou eu...

Boaventura acercou-se de Violante e apertou-a com veemência de encontro ao peito. Estava lívido, desfeito, com a barba crescida, a roupa salpicada de lama e sangue.

Querida Violante, adeus! Os beleguins do ouvidor estão no meu encalço... Andam-me caçando por toda parte... É preciso fugir! As tropas do Governador estão perseguindo os chefes da revolta e os que nela tomaram parte. Lá vão todos em fuga para as bandas do São Francisco. Eu também tive de fugir, com Chicão e perto de vinte homens...

E tomando fôlego:
— Batíamos para cá...
— Mas foi uma imprudência! exclamou Juca da Fazenda.

Boaventura continuou a falar:
— Quando vínhamos galopando a menos de uma légua da Vila, notamos que uma patrulha de auxiliares caminhava nos nossos passos. Íamos ser apanhados na certa. Ao rodearmos um morro, dei ordem a Chicão para que seguisse com dez homens na frente, enquanto eu e os restantes ficávamos escondidos no mato, com as armas escorvadas, à espera dos contrários. Minha intenção era atacá-los pela retaguarda. Aconteceu direitinho como eu esperava: a patrulha caiu na cilada, passando por nós descuidada, sem dar fé. Saímos então do mato e acometemos de golpe os que iam atrás,

descarregando sobre eles as nossas espingardas. Aos primeiros tiros, Chicão e os seus voltaram rédeas e despejaram fogo nos que iam na frente. Colhidos entre dois fogos, os nossos perseguidores ficaram atarantados. O Alf. Suzarte, pois era ele o comandante da patrulha, animava-os em altas vozes. Tendo-me avistado, picou o cavalo e arremeteu para o meu lado. Estava porém sem sorte. O cavalo tropicou numa moita de erva rasteira e deu com o cavaleiro no chão. Corri a ele sem perda de tempo e desfechei-lhe nos peitos a carga da minha pistola...

— Morreu?

— Creio que ficou a pedir confissão... Os contrários, cobrando ânimo, deram sobre nós com grande fúria. Eram em maior número e estavam mais bem armados. Chicão caiu sem vida depois de pelejar como uma onça. Dos outros, os que não puderam fugir tombaram mortos ou ficaram aleijados. Eu salvei-me com vida... Não era ainda chegada a minha hora. Mas antes tivesse morrido... De qualquer maneira, tudo acabou para mim... Adeus, Violante! Seus lábios uniram-se aos da moça, num beijo fremente, desesperado.

— Adeus!

— Leva-me...

— Para onde?... Para os fundões do Cuiabá?

Boaventura sorriu com amargura. Sentia-se cruciado entre o desejo de ser amado e a certeza de que jamais a mulher que agradara ao seu coração poderia unir-se ao seu destino. Maldizia o mundo que lhe não permitia conservar em paz a sua ventura. Era força renunciar a tudo, renunciar à única felicidade que o seu coração compreendia. A posse daquela mulher fora a mais acerba das conquistas. Um sabor amargo lhe restava do seu afeto por aquela criatura tão suave. Ia-se embora. Tinha de ir-se. Procuraria em qualquer parte a morte que até ali o poupara tantas vezes.

Impossível! exclamou Boaventura soltando-se dos braços da amada. Adeus moças... Adeus, amigo. Violante, adeus!

Sentou-a com brandura no leito e lançou-se fora precipitadamente.

Violante tornou-se duma palidez extrema, com o coração em ânsias. O olhar turvou-se-lhe. O corpo tombou desamparado.

Instantes depois, entrava na casa, atropeladamente, uma patrulha de homens armados. Procuravam o mameluco. Chegavam tarde.

## XXIII

## ELEGIA

A voz compungida dum sino fende os ares, em graves, repousadas vibrações. Um cortejo mortuário avança lento por uma rua tortuosa de casas pequeninas cobertas de sapé. Levado a mão, o féretro oscila, suave e rítmico, balançando-se ao compasso arrastado dos pés.

O cortejo chega à capela, cercada de um diminuto cemitério. Sobre o catafalco, entre tocheiras e serpentinas, colocam o singelo esquife de tábuas revestido de sentinela branca. No caixão aberto, Violante parece dormir. Com as finas mãos em cruz, as louras tranças enfeitadas de flores, largas pálpebras descidas, faces artificiosamente carminadas por piedosas mãos femininas, dissera-se engolfada num sonho sem fim, no sonho impossível dos seus vinte anos.

Sumido num estupor doloroso, o Trasmontano não lhe tira de cima os olhos pasmados. Andresa chora baixinho, enrodilhada no chão, o corpo sacudido por soluços convulsivos.

A igreja trescala a incenso e alecrim. O sacerdote recita o ofício dos mortos.

— Deus chama cedo os que lhe são caros, murmura alguém. Gente curiosa enche a capela. Velhas beatas não acabam de crer que tão linda moça pudesse morrer de morte natural. Por força sucumbira às traições de algum feitiço.

— Morreu de mágoa, sussurram moças. Amores contrariados.

O Capitão Juca da Fazenda conversa a um canto com um senhor idoso, e diz-lhe:

— Morre muita gente por causa das más boticas e dos muitos curandeiros que andam por aí tratando de surgia e de medicina sem serem surgiões aprovados nem terem a mais leve notícia da arte de curar.

— Verdade, apoiou o outro.

— As mezinhas que os curandeiros vendem, prosseguiu Juca da Fazenda, são inficionadas ou sem sustância; só servem para dano dos doentes, não para remédio.

— O de que precisamos aqui, disse o senhor idoso, é de um físico-mor, como há no Reino, que nomeie médicos e vigie as boticas.

## XXIV

## TRISTE E SÓ

Fugindo do Pitangui, o mameluco foi ter ao acampamento dos insurretos paulistas, que se achavam fortificados ao sul do Rio Pará. Espias chegavam todos os dias com notícias da vila. As últimas eram alarmantes. O Governador estava disposto a punir com energia as insolências do chefe paulista. Soubera que este, respondendo ao pé da letra à farsa do ouvidor de Pitangui que o fizera executar em efígie, mandara também erguer uma forca no seu arraial e, por entre as chufas e a surriada dos seus sequazes, pendurara nela uma ridícula figura de palha representando aquela autoridade.

Veio um espia e contou que a força de dragões fora dobrada e recebera ordem de perseguir e prender os amotinados.

Veio outro e trouxe notícias da morte de Violante. Boaventura não queria crer na brutalidade da notícia. Seria possível?

Era verdade. Todas as desventuras haviam desfechado sobre ele, e aquela era para matá-lo.

Durante dias o mameluco viveu como alheio ao que se passava no acampamento. Toda gente se preparava apressadamente para se refugiar nos sertões de Goiás. Ninguém lhe dirigia a palavra, porque todos compreendiam que a sua mágoa era excessiva.

No dia da partida dos rebeldes, Boaventura foi levar o seu adeus ao régulo paulista.

— Não vem então com a nossa gente? perguntou-lhe o velho
— Não. Não posso acompanhá-los. Vou-me embora sozinho.
— Para onde?
— Não sei. Para onde Deus quiser.

O chefe apertou-lhe a mão e disse:
— Que Nosso Senhor lhe dê paz ao coração.

O moço suspirou:
— É o que peço, mas creio que não alcançarei essa graça.

Escorraçado da convivência dos homens, embrenhou-se Boaventura por matos, serras e vales, indo ter às cercanias de Vila Rica. Ia triste e só. Morrera-lhe a mulher amada. Morrera-lhe o fiel Chicão. Seguia sem destino, a conversar com a amargura da sua alma.

Chegou, sem saber mesmo como, ao povoado da Cachoeira, por uma noite escura e chuvosa. Ali, meses atrás, burlara-se duramente dum pobre frade suto. Sorriu com tristeza ao lembrar-se do ultraje ao religioso e da praga que este lhe rogara. Também lhe acudiam à mente as inúmeras tropelias que cometera na sua vida turbulenta: as agressões a mão armada; as sanguinolentas e afrontosas vinganças; os ultrajes à moralidade pública; a grinalda da virgem calcada aos pés; o desprezo às leis divinas e humanas; enfim, todas as arbitrariedades que a sua índole impetuosa e fragueira aconselhara. Mimalho da fortuna, libertino e fátuo, dera largas a toda casta de vícios e paixões que lhe desinquietavam a alma, vivendo à revelia de toda autoridade e entregue à licença de toda moral, paixões e vícios aliás próprios daqueles mal ordenados tempos.

Sentia-se agora profundamente abatido, sem forças e sem coragem. Um vento cortante e desabrigado fustigava-lhe as carnes. Era necessário procurar pouso. Ocorreu-lhe à lembrança pedir gasalhado à boa Querubina. Orientando-se com dificuldade no meio da escuridão, encaminhou-se para a loja da acolhedora viúva. Dando com a casa, amarrou o Corisco a uma estaca e bateu a porta com força, proclamando o seu nome em voz alta:

— Sou eu, Fernão Boaventura! Abra, abra, sem receio, que é gente de paz.

A viúva levantou-se morosamente, petiscou lume para acender a candeia e chegou à janela praguejando contra o diabo do inferno que àquela hora avançada da noite e com tal tempo vinha incomodá-la no melhor do sono.

Só depois de algumas palavras trocadas de parte a parte, pôde ela reconhecer o mameluco. E enquanto Boaventura se queixava de ter sido obrigado a fugir de Pitangui, evitando povoados e estradas frequentadas, a viúva ia exclamando:

— Valha-nos a Senhora das Mercês! Em que triste estado o vejo, Sr. Boaventura! Venha, venha, que já lhe arranjo uma boa cama no quartinho dos fundos. Vai-se regalar todo! Que pena já não estar aqui a Nicota para lhe preparar um mingau como só ela é que sabia fazer! E verdade, não sei se lhe contaram que a Nicota fugiu? Fugiu, sim, a croia!

— Vamos, D. Querubina, deixe-me entrar primeiro...

—Já vai, já vai... Vou buscar a chave.

Não estava no lugar. Onde estaria agora? Enquanto a procurava, ia tagarelando:

— Pois é como lhe digo: fugiu. E com quem havia de ser, Deus lhe perdoe? Com aquele frade suro... lembra-se? Cá está a chave, afinal.

Candeia na mão esquerda, chave na direita, a cabeça rebuçada com uma manta negra, dirigiu-se com o moço ao quartinho, mas não acertava dar volta à fechadura enferrujada da porta.

— O arrenegado, continuava a viúva, esteve aqui três dias a negociar no contrabando do ouro e a rentar-me a mulata. No quarto dia...

O moço, impaciente, arrebatou-lhe a chave, mas tinha os dedos encarangados de frio. Devolveu-lha, enquanto ela prosseguia:

— No quarto dia fez uma madrugada, levando a rapariga. Nem ao menos me pagou a pousada! Não é à toa que se diz que detrás da cruz se esconde o diabo...

Boaventura cortou-lhe a palavra:

D. Querubina, deixe-me entrar primeiro, pelo amor Deus! Deixe-me antes repousar um pouquinho... Depois a senhora poderá falar-me da Nicota, dos mingaus que fazia e do que lhe aconteceu com o frade suro. Eu agora estou morrendo de cansaço e de frio!

— Arre! como vem impaciente! Espere, que já lhe abro num momento.

Com a rápida invasão da gordura os movimentos da tronchuda vendeira iam-se tornando cada dia mais lerdos. Só depois de muito custo conseguiu ela levantar a tranca e dar volta à taramela.

— Entre, entre, disse ela enfim. Jesus! como o senhor está molhado! Olhe não vá apanhar uma pulmonia.

E foi acordar a preta Josefa para que a ajudasse a fazer fogo. O mameluco recomendou:

— Não se esqueça de mandar desencilhar o meu tordilho e de lhe dar abrigo e penso.

Mal Boaventura se meteu na cama, vencido pela fadiga e pelo desgosto, salteou-o uma febre intensa que o pôs fora de razão a tresvariar como um demente. Pela madrugada, estava como morto.

Querubina gostava extremamente do moço, e de todo o coração lhe perdoava o gênio insofrido e violento, tanto mais que contra ele não tinha nenhum motivo particular de queixa. Ao vê-lo em tão lastimável estado, ficou condoída e aflita.

Acudindo a recado da viúva, foi ter com ela um mestiço do lugar, curandeiro afamado por suas rezas, garrafadas e benzeduras. Examinado o doente, logo se dispôs o carimbamba a pôr preceito ao mal por meio de velas bentas e amuletos milagreiros, receitando-lhe ademais uma teriaga nauseante, ali mesmo preparada com o que havia ao alcance da mão:

A piedosa Querubina colgara por cima da cabeceira do enfermo a imagem de Nossa Senhora das Mercês, de sua muita devoção, a ela se dirigindo em fervorosas orações.

Passados dois dias, continuando Boaventura a não dar acordo de si, tombado no paroxismo duma febre pertinaz, foi mandado vir um barbeiro-cirurgião que, depois de lhe pensar uma extensa ferida no braço esquerdo, o enxaropou e purgou como lhe pareceu conveniente. Longe porém de melhorar, o doente caía em letargo.

Persuadida de que eram chegados os últimos instantes do moço, expediu a viúva a toda pressa um positivo à Vila do Carmo, com o fim de avisar Frei Tiburciano para que viesse sem detença assistir o afilhado no seu derradeiro transe e o dispusesse para uma boa morte.

## XXV

## MILAGRE DE QUEM?

Frei Tiburciano de São José vinha cavalgando um machinho esperto, e trazia o necessário para ministrar a extrema unção ao seu infeliz afilhado. Chegado à casa da viúva, apeou-se e entregou as rédeas do animal ao camarada negro para que o desaparelhasse.

— Louvado seja Nosso-Senhor Jesus Cristo! disse o frade entrando. E espirrou com força.

— Para sempre seja louvado! respondeu D. Querubina correndo a recebê-lo. Vossa paternidade espirrou? Deus o ajude. Espirrar do meio-dia à meia-noite é sinal de felicidade.

— É sinal também de muita umidade.

— Venha, senhor dom Frei, venha, que o rapaz talvez não passe desta noite.

Frei Tiburciano examinou o afilhado com grande atenção. Depois, voltando-se para a viúva, falou-lhe com um sorriso bom nas largas bochechas:

— Tranquilize-se, minha boa senhora. Tenho alguma prática de física e não me parece que o estado do rapaz seja desesperador. Vamos metê-lo já e já num banho frio.

Assim se fez. Durante um quarto de hora esteve Boaventura mergulhado numa tina de água fria. Novamente metido na cama, aí foi cuidadosamente agasalhado em grossos cobertores de lã. Horas depois produzia-se abundante transpiração. Era o que o frade esperava. Mudada a roupa do corpo e a da cama, não tardou o moço em cair num sono profundo.

Frei Tiburciano tinha motivo de estar contente com a sua simples mas eficaz terapêutica.

— Alvíssaras, Sra. Querubina! exclamou o religioso capucho ao vê-la na manhã do dia seguinte. Reze agora, reze, que o rapaz está salvo. Livre-o Deus duma morte afrontosa nas contínuas rixas em que vive empenhado, como o livrou das perfídias desta ruim febre.

A viúva não acabava de crer no que via e ouvia. Ao seu muito contentamento misturava-se certo espanto religioso. Milagre? Milagre, sim. Mas de quem? Milagre da gloriosa Senhora das Mercês a quem invocara na sua aflição, ou milagre daquele virtuoso frade, tido pelo povo em conta de santo e que com efeito ali se manifestava tocado da graça operante dos taumaturgos? Porque o bom do frade, não havia dúvida, era mesmo santo.

Querubina estava perplexa. Não sabendo o que fazer ou o que dizer, esteve a banzar alguns momentos. Por fim, com muita unção e humildade, ajoelhou-se aos pés do frade e beijou-lhe a fímbria do grosseiro hábito.

— Dê-me a sua benção, disse ela, e abençoe esta pobre casa. Vossa paternidade acaba de fazer um grande milagre!

— Deus vos abençoe a todos, respondeu o frade impondo-lhe as mãos sobre a cabeça. Mas não houve milagre. Eu não passo dum humilde instrumento da graça de Deus. O rapaz é de boa constituição, e parece também que o Todo Poderoso ainda o não quer chamar à sua presença.

Murmurando as suas orações, Querubina acendeu então mais uma vela à imagem de Nossa Senhora das Mercês e colocou-lhe aos pés um raminho novo de alecrim.

## XXVI
## CAMINHO DA PERFEIÇÃO

Os remédios caseiros de Frei Tiburciano e os mimos da boníssima Querubina foram propícios a Fernão Boaventura, que se ia refazendo vagarosamente de forças e cor. A moléstia amaciara-lhe os traços, dando-lhe, ao mesmo par, mais gravidade à fisionomia. O olhar era agora mais sereno, a tez mais pálida. Nas comissuras dos lábios errava certa expressão de melancolia e sofrimento.

A dor moral e uma extrema pobreza de sangue e de músculos haviam-lhe afinado a sensibilidade. A inação muscular permitira a livre atividade do espírito. As intermináveis noites de insônia no seu leito de enfermo abriram-lhe o horizonte da vida espiritual, até aí cerrado. Pela primeira vez, conversara com a própria alma.

— O desejo de viver morreu em mim, disse Boaventura a seu padrinho. Os dias da minha vida têm corrido muito velozes... tão velozes que não me deram tempo para ver muitas coisas. Havia uma peçonha no meu corpo, que me tirava a vista do bem. Agora, depois da doença, vejo mais claro.

Frei Tiburciano notava com satisfação o despertar de seu afilhado para as alegrias serenas da vida do espírito.

— Não basta tirar fora a peçonha do corpo, dizia-lhe o frade. É preciso também cuidar da alma e purgar a abundância do humor pecaminoso.

Embora inapto para as sutilezas da introspecção, Boaventura sentia vagamente que o germe dum anseio religioso lhe entrava na alma. Até ali vivera escravizado à sinceridade brutal do seu egoísmo, só obedecendo aos impulsos obscuros do instinto. O desgosto da realidade fazia ressurgir nele o desejo, infantil e primitivo, de trocar as ásperas aventuras da vida ativa pelos gozos inefáveis da imaginação e do sonho.

Boaventura sentia dificuldades em explicar o que lhe ia na alma, por não ser nele frequente o uso da palavra e da reflexão. Adivinhava-o porém Frei Tiburciano. Casuísta sagaz, bem compreendia a crise moral em que se debatia o seu afilhado e a necessidade que há, em tais casos, de buscar consolação ou compensação para a tristeza de viver. Sem dúvida o coração do moço ia abrir-se para a fé. Momento favorável para guiá-lo no caminho da perfeição.

— A fé, dizia-lhe Frei Tiburciano, é a única via — misteriosa e eterna, profundamente humana — na qual a aflição do espírito acha meio de se libertar da natureza e fortalecer o ser moral. Só a fé consola da dor de viver e compensa da angústia diante da morte. Após um desgosto, um abalo moral, se o homem não se abisma no desespero, brota-lhe na alma o refrigério da fé e, em consequência, a necessidade de viver a vida do espírito.

Rita, a nova serva da casa, veio chamá-los para o jantar. Era uma cafusa nanica e corcovada, com os molares salientes e largas nódoas negras no rosto chupado. fundo das órbitas, quase desguarnecidas de pálpebras, dois carocinhos escuros nadando em remela faziam às vezes de olhos. Andava sempre descalça, com os calcanhares e os artelhos empipocados por colônias de bichos-de-pé.

Frei Tiburciano mal pôde reprimir uma careta de desgosto ao encarar nela.

— Onde diacho a Sra. Querubina foi desanichar esta avejã? perguntou ele aproximando-se da pesada mesa de jacarandá em que era servida a janta. É duma fealdade incrível a pobre rapariga!

Muito de propósito a escolhi, acudiu a viúva. Esta reimosa aos menos está livre das tentações do malino.

— Escolheu bem, disse o religioso. Se todas as mulheres fossem assim deformes, bem podia o anjo da guarda dormir tranquilo, e por certo a ira de Jeová não teria incendiado Sodoma e Gomorra com chuva de fogo e enxofre. Mas, que digo eu? Os aleijões e as monstruosidades não preservam das tentações da carne. Maritornes, a criada da estalagem que D. Quixote imaginava ser castelo, era carilarga, de nariz achatado, dum olho torta e do outro não muito sã, mal medindo sete palmos dos pés à cabeça. Pois nem por isso deixava tão feia criatura de se refocilar com arrieiros e de satisfazer o gosto a quantos lho pedissem.

Frei Tiburciano, antes de se amesendar, fez o sinal da cruz e disse em voz baixa o Benedicite. Serviu-se do que havia à mesa e continuou com a palavra:

— A verdade é que somos todos iguais perante o pecado. Todos. Onde há carne e sangue e nervos e um coração humano a palpitar, aí habita a malícia. Pelo pecado de Adão a criatura humana se afastou da retidão original. Segundo a opinião de Santo Agostinho, o homem não pode deixar de pecar. *Non posse non peccare:* eis a sentença que pesa sobre nós. E isso, meus filhos, é medonho!

— Sim, pé medonho, suspirou a viúva pondo-lhe no prato um guisado de fressuras de porco com jiló.

O frade comia com excelente apetite, mas como insensível às delícias duma boa mesa. Entre bocado e bocado, ia dizendo:

— Toda a natureza vive na ordem de Deus; só o homem vive no pecado, isto é, na desordem. O homem é uma dissonância na harmonia universal e parece destinado a desconjuntar o plano da Providência. O ser humano é de contínuo solicitado por uma multidão de sentimentos contraditórios e apetites discordantes que o levam a agir desordenadamente, mergulhando-o na confusão e no pecado. Deus, que é Ordem, e critério de estimação moral, assinala a cada sentimento, a cada impulso, a cada inclinação, o seu justo valor, a sua exata dignidade, a sua necessária subordinação. Que é o homem bom, o homem justo? É o que se domina a si mesmo e se impõe uma sã disciplina. E o homem mau, o pecador, que é? É aquele que se abandona ao cego movimento dos sentidos e assim trabalha para a própria destruição. Ordem, ordem... Ordem entre os indivíduos que vivem em comum na república. Ordem no coração do próprio indivíduo.

Frei Tiburciano falava com eloquências e satisfação, como se estivesse pregando numa catedral do Reino, para um público numeroso e seleto.

Boaventura articulou:

— Como é possível o pecado num mundo criado e regido por um Deus inteligente e bom?

— O dogma da queda responde a essa pergunta, disse o frade. Sim, a criatura humana dispõe da liberdade de pecar...

— E por que lhe deu o Criador essa liberdade?

— Porque servir livremente a Deus é mais alto mérito que glorificá-lo necessariamente em virtude duma ordem estabelecida. Porque Deus necessitava de servidores cuja liberdade tornasse profundo o seu amor e agradável o seu serviço. *Servire liberaliter Deo*. Não é só. O homem foi criado à imagem de Deus. Por que não havia então de refletir, como refletiu, a liberdade do Criador na liberdade das criaturas? Assim é que nos foi outorgada a liberdade de nos afastarmos de Deus pelas más obras ou de nos aproximarmos dele pela virtude.

— Liberdade de que o homem usa e abusa.

— Sim, continuou Frei Tiburciano, nós não podemos deixar de pecar. Mas à queda sucede o arrependimento. E aí começa a vida nova do amor a Deus. E aí, precisamente, é onde o homem vive com mais liberdade, já subtraído à servidão do pecado. Os que conseguem vencer o ódio e o amor, e se libertam do apego desordenado às coisas sensíveis, esses são conduzidos à cúspide do amor divino, se é que não se engolfam na triste ataraxia dos filósofos pirrônicos.

Com essas e outras práticas entrete o frade o seu afilhado durante todo o jantar. Querubina trouxe a sobremesa: uma compota de pêssegos cobertos com açúcar. A viúva era peritíssima em confeitá-los. O frade comeu do doce e já se dispunha a elogiá-lo com abundantes palavras, porém depois, como melhor elogio, achou que devia servir-se dele novamente.

## XXVII

## PASSEIO MATINAL

Em torno da Cachoeira do Campo as serras formam vastíssimo anfiteatro, cingindo vales, bosques e campinas. Assentado sobre uma colina, no meio de campos de horizonte dilatados, o povoado se inclina a sol posto e domina os arredores.

Frei Tiburciano e Boaventura levantaram-se ao espreguiçar matinal do povoado e saíram em passeio pelos campos. Boaventura ia, como de costume, recolhido e pensativo. Frei Tlburciano respirava com delícias o ar puro da manhã e louvava as coisas simples e boas que Deus criou. Louvava-as com alegria e unção, com o enternecido ímpeto contemplativo do *poverello* de Assis.

— Saudemos o amanhecer com o canto litúrgico dos beneditinos: *"Laeti bibamus sobriam ebrietatem spiritus"*. Bebamos alegremente a sóbria embriaguez do espírito!

Por entre a relva as saúvas haviam construído um longo carreiro, muito limpo, magnífica estrada real de duas polegadas de largura. Frei Tiburciano deteve-se a observar o tráfego diligente dos minúsculos animalzinhos. E disse:

— Uma das provas mais eloquentes da existência dum engenho criador é a prodigiosa finalidade que se observa em cada espécie viva. Cada uma tem a feição de perfeita obra de arte concebida e executada por um artista incomparável.

Sentados na relva, os dois homens ali se deixaram ficar distraídos a olhar atentamente a dobadoura das formigas cortadeiras.

— Estes animalejos são dos mais ativos e inteligentes, disse o frade. Não lhes é estranho, mesmo, certo rudimento de civilização. Até há espécies que possuem escravos e animais domésticos. Sim, como os homens. Existe certa formiga vermelha que faz guerra à formiga negra e lhe rouba as larvas...

Para comê-las?

— Não. Para escravizá-las. Apenas sai da casca, a formiguinha apresada fica trabalhando como cativa no formigueiro estranho.

A formiga não é só agricultora e guerreira: é também escravista. Boaventura arregalou os olhos. Seu padrinho, que era a própria ciência infusa, continuou a falar:

— É admirável, heim? Em linhas gerais, a organização social e econômica destes bichos é muito parecida com a dos povos guerreiros e conquistadores. Olha só para isto, Fernão, e pasma! Estas formigas que estamos vendo vivem organizadas em castas, com funções determinadas e invariáveis: a cabeçuda guerreira, de enormes mandíbulas escancaradas, prontas ao ataque; a cortadeira depredadora; a reprodutriz e a poedeira; a pequenina operária, sempre ocupada nos trabalhos domésticos; e talvez outras. Enquanto as mais taludas, formando uma aristocracia bélica, asseguram a defesa da civitas, conquistam roças e pomares, assaltam e devastam plantações, as formiguinhas miúdas proveem às necessidades subalternas da comunidade: jardinam o mofo alimentício, zelam pelo boa guarda dos ovos e cuidam das larvas depois do desabrolho. Coisa semelhante acontecia na antiga Roma. Também lá eram os escravos os indispensáveis servidores da cultura romana.

— O senhor está defendendo a escravidão?

— Eu não estou defendendo nada. Estou expondo um fato. A escravidão é um pesadíssimo tributo que o homem impõe ao homem em certo momento de organização social. Assim o exige a útil repartição do trabalho. Em boa verdade, a vida em comum só é possível mediante obrigações e renúncias. A indolência e o excessivo amor à liberdade são contrários a todo aperfeiçoamento. Tomemos, para exemplo, os povos selvagens destas Américas. É ou não exato que representam uma população diminuta, infinitamente inferior à capacidade de povoamento das extensíssimas terras que ocupam? E não são, justamente por esse motivo, infixos e nômades, vivendo livres nas terras livres, largas e fartas? Precisam eles, acaso, de elaborar os produtos naturais e de exercer sobre esses produtos uma vigilância efetiva?

— Não, não precisam, disse Boaventura. Por isso vivem felizes.

— Felizes de certa maneira, tornou Frei Tiburciano. Dispôs o Criador que a perfeição material só se alcance ao preço de muitas fadigas. A ordem divina "Comerás o teu pão no suor do teu rosto" não implica somente o castigo do homem que transgrediu a lei do Senhor, mas também a sua redenção pelo trabalho. No que toca à perfeição espiritual, ficou ela reservada para aqueles que se consagram à contemplação dum objeto valioso: Deus, homem, coisa. As mais altas possibilidades humanas estão contidas a um tempo na ação e na contemplação, mais nesta do que naquela.

Animando-se ao calor das próprias palavras, Frei Tiburciano dava largas à sua índole discursiva.

— Pois bem, continuou ele, exatamente por isso, porque não têm necessidade de trabalhar, é que vivem os silvícolas em extremo atraso, sem organização social, reunidos em famílias ou tribos errantes, mais próximos da animalidade que da humanidade.

— Enfim, vão vivendo a vida lá deles...

— Que não é nem muito boa nem muito má. Uma vida como as outras. Tudo ia muito bem enquanto não chegou o europeu organizado. Que é o que aconteceu então? Havia falta de braços. Para forçar os homens que viviam na preguiça natural a dar-lhe ajuda, viu-se o conquistador na necessidade de os escravizar e castigar. O íncola resiste à dura imposição e se aniquila na resistência. O negro cede. Cedendo, sobrevive e se nivelará a pouco e pouco com o branco. Quando todas as terras forem ocupadas e povoadas, o que evidentemente não se dará nos nossos dias, e quando nenhum homem puder viver sem trabalhar, então será possível ao branco abolir a escravatura sem comprometer a sua obra e o seu destino. Porque até lá os homens todos terão aprendido a trabalhar livremente, sem constrangimento.

Como as áscuas do sol da manhã começassem a bater-lhe em cheio no rosto largo, Frei Tiburciano de São José fincou na relva o seu enorme guarda-sol de barbas de baleia e pano de algodão. Desprovido dos bens deste mundo, era aquela almanjarra, mais o breviário, tudo o que o bom do frade trouxera do Reino.

— Este móvel, gemeu o religioso, pesa mais que o santo lenho em que padeceu o Salvador. Tenho de andar com ele nos ombros ou a rastos.

— Ora, ao padrinho nunca há de faltar um cirineu negro que o ajude evangelicamente a carregar esse pesado traste. Para que existe a formiguinha cativa, se não para servir a formiga cabeçuda nas suas comodidades?

Frei Tiburciano sorriu. Depois, compondo o rosto com gravidade, baritonou:

— O homem nasceu para servir, meu filho. Todo trabalho é uma expiação. O escravo abomina o seu estado porque toda sujeição forçada é odiosa. Porém o que a torna execrável é a crueldade dos senhores. Em Roma usava-se de bondade para com os servos. Os amos cruéis eram apontados a dedo e odiados. Quando o servo ganhava para si, ficava-lhe aberto o caminho da alforria.

— Aqui, os escravos são geralmente tratados com branduras, disse o moço.

Frei Tiburciano fez com a cabeça um sinal de aprovação, e falou:

— Mesmo quando os senhores tratam com dureza os seus escravos, nem assim deixa de existir certo sentimento protetor e como que uma relação paternal de amos para fâmulos.

— E também nunca se viram maiores dedicações que as que se veem agora de escravos para com os senhores.

— A resignação fatalista da raça negra contribui em grande parte para a obediência. Os negros são dóceis, afetuosos, serviçais. Sem embargo, a vida que levam é dura. Quase nus, miseramente alimentados, labutam desde o alvor da manhã ao cair da noite, na maioria das vezes metidos n'água até a cintura, com o sol a castigar-lhes os lombos e a cabeça. Morrem aos cardumes, já de miséria física, já de acidentes nas lavras.

— A indústria das minas é desumana e cruel.

— Debaixo do sol há toda sorte de males. Por isso o Eclesiástico, diante da imensa aflição que Deus deu aos filhos dos homens — aos pobres homens — para que se encham dela, concluiu que tudo neste mundo é vaidade e inútil tormento do espírito.

— Pois se assim é, de que é então que se orgulha o homem? Por que se afadiga e se amofina tanto?

— O orgulho foi a ruína de Satanás, disse Frei Tiburciano. Pelo orgulho se perdem os homens. Por que nos havemos de orgulhar duma agitação que termina invariavelmente na velhice e na morte? A bem-aventurança foi reservada para os humildes, para aqueles em cujo coração habita uma ingênua bondade. Eu sou filho dum pobre recoveiro. Aos dez anos fiquei sem pai nem mãe. Pus-me sozinho no caminho de Coimbra comendo pelas portas os restos de caldo e as côdeas de pão duro que me davam por amor de Deus. Servi. Não tive protetor, nem amigo, nem teto onde me abrigar, nem leito onde repousar. De tudo padeci largamente. Minha vida foi tão mísera e dolorosa que podia fazer inveja a um santo. Mas o fel nunca me subiu ao coração. Jamais a firmeza de ânimo se me abateu. Por quê? Porque Deus estava comigo, Desse modo eu ia crescendo no afã de saber e no amor de Jesus Cristo. Recolheram-me a um convento de Coimbra e lá encontrei meios de estudar cânones. Formado, embarquei-me para a Bahia e professei na ordem dos capuchos de Santo Antônio. Consagrei-me depois ao Catecismo, à propagação da Boa Palavra.

Frei Tiburciano fez uma larga pausa. Depois falou com voz recolhida e pausada:

— Bem-aventurados os que choram. Os tristes. Os que padecem sede e fome. Sim, meu filho, o homem é orgulhoso porque exige pouco de si mesmo, porque não se coloca em relação com o ser infinito. Os que presumem muito de si, orgulhosos de seus dotes pessoais, são incapazes de paixões fecundas e duradouras. Agem, não em consequência de convicções profundas, mas para satisfazerem vãos apetites. Sem a disciplina da fé, que é um apoio e uma exaltação, não medra nos corações o desejo de alcançar a eternidade, o anelo de tocar o infinito...

As palavras do frade discorriam untuosas, repousadas, sugestivas. Os olhos negros do mameluco miravam estáticos o indefinido.

— A paixão mais pura, dizia-lhe Frei Tiburciano, é a que se volta para Deus. O amor mais suave é a fruição de Deus. A vida devota, ordenada pela disciplina, é o caminho que mais diretamente conduz à contemplação do Criador...

## XXVIII

## AO SERVIÇO DO ETERNO

Estava terminada a piedosa tarefa de Frei Tiburciano, aio e pedagogo do jovem mameluco. Fernão Boaventura ia entrar ao serviço do Eterno. Durante dias, seu padrinho iniciara-o na vida devota. Insinuara-lhe, pouco a pouco, a beatitude da contemplação interior. Mostrara-lhe a inanidade do cotidiano fervor, realçando a seus olhos a acabrunhante tragédia das misérias deste mundo. Habilitara-o enfim para os esponsais do espírito com o verbo divino.

Boaventura encontrara a paz da alma. A simplicidade habitava seu coração. O orgulho fora abatido. A imagem da filha do Trasmontano — tão doce e tão cruciante — apagava-se-lhe de mansinho no pensamento.

Uma madrugada, Frei Tiburciano de São José e seu afilhado puseram-se no caminho do Rio de Janeiro. Fernão ia filhar panos de segurança num mosteiro de frades bentos.

Frei Tiburciano estava contente. Quem sabe o seu discípulo não viria a ser um dos templos que Deus edificara para a sua excelsa glória?

E assim foi que Boaventura, um cilício cosido sobre a pele, trocou os desvarios de uma juventude turbulenta pelas austeras alegrias da ascese religiosa.

Este livro foi composto com a tipografia Times New Roman
e impresso pela Meta Brasil.